주마등

주마등

정진문 수필집

정은출판

머리말

우물 안 속에 갇힌 개구리가 나라고 생각해보면 개구리가 본 세상은 아마도 세상을 모르는 게 너무나 많을 것 같다.

우물 안에서 어떻게 그 넓은 하늘을 보고 또 넓은 세상을 보고 글을 쓸 수가 있을까? 우물 안에 갇혀 살면 우물 속만 알겠지요. 우물 밖의 세상에 대한 글을 쓰려면 아마도 사람들이 내리는 두레박을 타고 올라 우물 밖으로 나가야 큰 세상을 볼 것이 아닌가요? 그 두레박은 책입니다.

남 주기에는 아깝고 내가 먹기에는 어딘가 마음이 안 차는 그런 음식. 수필도 그런 음식 같은 글이 있을까? 라는 생각도 해봅니다.

이 글을 쓰면서도 이 세상에 내놓기에는 한없이 부끄러운 글이라 생각이 듭니다. 이것은 수필일 수도 있고 독백일 수도 있기 때문입니다. 그러나 용기를 가지고 책으로 만듭니다.

글은 쓰다듬을수록 윤기가 난다는데. 그냥 살아온 대로 느낀 대로를 적을 겁니다, 혹시 한 단어라도 독자 마음에 와닿는 글이 있다면 저는 대 성공을 한 것으로 생각하렵니다.

나 자신을 알라! 타인을 간섭하지 말라!

어느 한 구절은 내 마음속 깊이 간직하고 싶은 글도 있을 듯 합니다.

이 글이 수필이라는 이름으로 어느 사람의 책상에서 읽히려는지는 모르나 철없이 살아온 제 인생의 일상 생각과 또 생활도 있습니다.

그러나 나는 이 글을 쓰면서 평생 살아온 나라는 인간은 누구인가? 마음이란 무엇인가를 생각했으며, 또한 지구의 수십 억 명의 지문이 다 틀리듯 어떤 사람도 마음이 똑같지는 않다는 것을 어렴풋이 느끼고 고뇌의 진원지인 에고(Ego)의 그림자를 지우고 내 마음을 성찰해 보았습니다. 그것을 일깨워 준 것은 책이었습니다. 책은 행복을 찾는 관문이었습니다.

탐진치貪瞋痴를 생각하며 나는 나를 알았으며 내 몸은 기적 속에서 살았다는 것도 알았습니다. 그것을 표현한다면, 감사합니다. 입니다.

2024년 4월 초

정 진 문

차 례

2부 하늘의 마지막 열차

3부 인생 그리고 죽음

4부 행복의 조건

1부

지나간 팔십 년 세월

길

청산리 빠깨스

지나간 팔십 년 세월

딸 나면 비양기 타고 아들 나면 빠스 타안다

친구

내 영정 사진을 보면서

깡패 오징어와 한패거리 낙지에게 깔보인 날 · 1

깡패 오징어와 한패거리 낙지에게 깔보인 날 · 2

길

친한 친구와 같았던 신부님이 수녀원으로 새벽 5시에 미사를 드리려 같이 가자고 하신다.

"그렇게 할게요."

초여름 5월이라도 새벽길은 서늘했다.

나는 평상시 일반 수녀원으로 미사를 드리러 가는 줄로만 알았다. 신부님이 가자는 미평동 수녀원에 도착해보니 큰 대문은 닫혀있고. 좀 떨어진 담에 작은 문이 열려있었다. 신부님을 맞으려고 문을 열어 놓았나 보다. 차에서 내린 신부님은 나를 따라서 오라고 손짓을 하셨다. 남성 출입금지 구역이기에 신부님도 수녀원 마당 안에도 들어갈 수 없는 곳이다. 신부님도 작은 문을 통하여 미사를 드릴 작은 성당까지 몇 미터 정도만 걸어갈 수 있다. 수녀님들이 계신 건물의 담벼락에 맞닿아 있는 작은 방이 미사를 드리는 성당이다. 그곳은 선택된 날에 신부님이 가서 미사를 드리는 장소이다. 남성 출입금지 구역이라 신부님도 남자이기에 그 성당 안에 들어가지 못한다. 작은 방에 들어가 보니 사방은 꽉 막혀 있고 눈에 보이는 것은 수녀님들이 있는 벽 쪽으로 뚫린 작은 구멍 하나만 달랑 있고 그 안이 보이지 않게 거기엔 커튼이 쳐져 있다.

'수녀님들이 영성체를 모시기 위하여 뚫어놓은 구멍이구나! 직감이 온다.'

미사 도구를 올려놓을 책상이 하나가 있고 그 위에는 깨끗이 세탁한 하얀 천이 깔려있다. 나와 신부님 두 사람이 그 책상 앞에서 서면 뒤에 공간은 아주 좁았다. 개미가 가는 소리도 들을 수 있을 것 같은 적막이 흐른다. 미사 시간이 되자, 신부님은 예복을 갈아입고 미사 도구를 책상 위에 올려놓았다.

내가 일일 복사가 되어 미사를 알리는 종을 흔들어, 5분 후 미사가 시작됨을 알렸다. 성부와 성자와 성령의 이름으로 아멘.

인기척 하나 없던 장막 건너편에서 구멍 속을 넘어 들려오는 수녀님들의 입당송 성가는 천사들이 부르는 노래만 같았다. 30년 동안 성당을 다니면서 지금껏 들어본 중에 그런 성가를 들어본 적이 한 번도 없었다. 마음을 울리는 4중창 성가가 가슴 깊은 곳을 파고들었다. 신부님의 강론이 끝나고 성체 성가가 울려 퍼지는 가운데 성체를 받기 위해 그 작은 구멍으로 수녀님들이 한 분 한 분 양손을 겹쳐서 손바닥이 보이게 내민다. 성체를 모신 손이 들어가면 커튼은 바로 합쳐졌다. 또 다른 수녀님이 손을 내민다. 수녀님의 손이 안 나오면 성체 의식은 끝이다. 묵상 기도 후에 성체를 모신 수녀님들이 마침 성가를 부르신다.

천상에 노랫소리가 들리는 이곳이 천당 아닌가? 맞아! 이곳이 천당이야! 천당은 이런 곳일 거야! 왜? 그런지, 나도 모르게 눈물이 흘렀다. 수녀님들이 부른 4중창 성가 그 노랫소리는 영원히 내 뇌리에서 지워지지 않고 수십 년이 지난 지금도 생각이 난다.

그곳은 수녀님들이 가는 길에 종점이며 살아있는 동안 대문 밖을 나올 수 없는 평생 수녀원이다.

평생 수녀원은 스스로 선택하여 한번 들어가면 죽을 때까지 교황청의 허락이 없으면 나올 수 없는 곳이다. 수녀님이 선택한 순교의 길. 그 길은 감옥에 가는 길일까? 아니면 천당을 가는 길일까? 어떤 글과 무슨 말로 표현할 수가 있을까? 마음이 숙연(肅然)해지고 머리가 흔들어진다.

그 길을 들어가는 수녀님 모습이 선하다.

'검은 수녀 정복에 하얀 guimpe를 두르고 하얀색 모자를 썼다. 대형 묵주를 가슴 아래까지 늘어뜨린 수녀 손에는 작은 묵주가 들여있다.

천천히 한 발 한 발 걸어 활짝 열린 대문으로 들어가는 수녀의 길.

뒤도 안 돌아보고 들어갔을 것 같은 그 길. 그 길을 선택한 수녀님이 홀로 들어가면 대문은 스르르 닫힌다. 문이 닫힌 후에야 원장 수녀님이 그의 손을 잡고 건물로 들어갔을 것 같다. 그곳으로 오라고 강제하는 사람은 하나도 없다. 스스로 선택한 길이다. 또한, 그 길은 선택 받은 자만이 갈 수 있는 길이다. 누구도 간섭할 수 없는 곳. 그 순교의 길인 대문으로 살아서 들어가면 죽어서야 나올 수 있는 청주 서원구 미평동의 한 수녀원이다, 수녀님들은 교황님의 허락이 있어야 다시 수녀원 밖으로 걸어 나올 수 있는 길이다. 그러면 그 수녀님들이 하는 일은 무엇인가? 예수님을 위하여 기도하는 것이라고 신부님이 말씀하셨다.

그런 삶의 길이 있다는 것을 듣는 순간 숨이 멈춰지고 숨쉬기가 답답했었다.

나에 애간장을 녹인 폐쇄 수녀원의 현장 체험의 길 어떤 눈물로서 답을 할 수 있을까?

참으로 어려운 길에는 또 어떤 길이 있을까?

나의 인생길은 어느 목표를 향해 한번 떠난 길은 다시 되돌릴 수가 없다. 비바람에 휩쓸려 방황과 갈등에 숲을 지나온 인생길 목표를 향해 가는 길이 탄탄한 대로(大路)만은 아녔다. 길은 보이는 길과 보이지 않는 길이 있다.

미래의 삶의 길은 아무도 모른다. 더 험난한 길은 과연 없었을까?

내가 13층 높이의 대형 배를 타고 월남 전쟁터로 향할 때 그 큰 배도 바다에서는 일엽편주였다. 파도가 치는 곳을 지날 땐 배 안에서도 픽픽 쓰러졌다. 망망대해에 파도가 조용해지면 뱃

난간을 잡고 서서 온 길의 뒤를 돌아다 보았다.
지금 전쟁터로 가는 이 길이 다시 살아서 되돌아올 길인지 되돌아오지 못할 길인지 그 길도 선택된 자가 가는 길이었다. 눈앞에 펼쳐진 망망대해를 보면서 고향 산천이 눈에 아롱거리며 두고 온 가족들의 모습이 눈에 선하다.
눈에 서리는 뿌연 김이 눈물이 되어 흘러내렸었다.
수녀님들도 나와 같이 떨어진 가족을 그리며 나 같이 눈물은 안 흘렸을까?
수녀님이 선택하고 가는 길에 어떤 마음의 그림을 그리며 가실까?
석양도 길동무 구름을 만나야 아름다운 노을을 만들 수 있듯이.
고된 역경의 길을 선택하고 같이 걸어가는 그들은 어떤 아름다운 길을 만들며 갈까?

인생의 고달픈 길을 손을 맞잡고 서로 의지하며 어려운 길을 헤쳐나가는 길동무 중에서 최고의 길동무는 부부이다. 험한 바다에서 한배를 타고 가는 게 부부가 아닌가! 그 길을 가는 데는 어떤 사람을 만나야 아름다운 길을 갈 수가 있을까? 감사 사랑 존경을 담은 그릇의 길동무를 만나면 겸손한 길을 걷는 사람이 되어 다른 사람에게 기쁨과 행복을 주는 길동무가 될 것 같다.

청산리 빠깨스

청-사∽∽안∽리∽이∽∽이∽이. 빠깨스으~야∽아∽아~ 수우∽감∽을∽∽ 자랑마라, 일도 창해∽에∽에. 라면, 다시 외기∽ 외로우니 이이 ∽맹월이∽만공∽산∽ 허니∽수어감이∽∽ 어떠리.

이 시조는 아버지가 돌아가신 후 어머니는 입에도 못 대시던 막걸리를 물 마시듯 마시고는 술에 취하기만 하면 눈물 섞인 목소리로 어머니가 매일 부르는 노래였다. 그 노래는 본인이 아니고는 절대 이해하지 못할 진한 피눈물의 노래였을 것이다.

한두 달도 아닌 몇 년여 동안, 장, 그 노랫소리가 그 노랫소리니, 같이 사는 자식들은 아마도 어머니는 매일 술타령을 하는 것으로 치부했을 것이다.

그 노래를 부르는 어머니의 심정을 이해할 리는 만무했다고 본다. 매일 청사안리 빠깨쓰 노래를 하시는 어머니를 쳐다보는 자식들 마음이 좋을 리가 없다. 자식들도 마음이 아프다. 어머니는 그 어려운 막내아들인 아버지에게 시집와서 시가 땅 한 평 물려받지 못하고 9남매를 기르신 분이다. 그 어려운 시절을 보냈으니 아버지를 잃은 어머니는 피를 토하고 싶을 정도로 아버지가 그리우셨을 것이다.

아버지 생전에는 어머니가 가을이면 무우를 많이 사서 지하실에 담가놓고 소상인에게 또는 시장에 내다 팔아 생활을 할 때였다. 일 년 동안 팔고 또 가을이면 무를 사서 지하실에 담가놓고 팔아 생활을 했다. 그곳은 아버지 어머니가 평생을 고생하며 장만한 집이었다.

아버지가 돌아가신 후 우리 집은 동리 사람들이 모이는 경로당이 되었다. 아버지 생전에 말씀은

"사람 집에는 사람이 와야 하는 거야"

그게 이루어진 것인지 우리 집은 아버지가 돌아가신 후 경로당처럼 되었다.

아버지가 돌아가시자, 어머니는 이웃 사람들을 불러 아침부터 입에 대지도 못하시던 술을 드시기 시작하셨다. 돈은 매일 주머니가 두둑하게 들어오니 그걸 가지고 이웃들에게 술을 사셨다. 그러니 사람들은 많이 우리 집으로 모이게 되니 자연히 경로당이 되었다.

당시에 학생이던 지금은 대전 00중학교에서 교장을 퇴직한 막내딸이 보다못해 우는 엄마를 웃겨 보려고,

"엄마 빠깨쓰를 하도 써먹어서 빵꾸가 났어, 이젠 그만해"

하자.

"왜 남 노래하는 데 방해하냐, 저리 가!"

하신다. 또다시

"청-산-리 음, 음. 빠깨쓰야 수우감을 자랑 마라 일도 창해라면"

"아이고! 속 터져 빠깨쓰가 아니고 벽계수야. 라면은 먹는 거고, 맹월이는 명월이고."

그런 말을 하는 막내딸을 흘긋 쳐다보고는 그러거나 말거나 또 시작이다.

"청산리 빠깨쓰야. 수우감을 자랑 마라"

모인 식구들이 말릴 수 없음을 알고 합창하듯 장단을 맞춰준다.

"얼쑤 좋다. 얼쑤 얼쑤"

그러다가 어머니가 잠시 노래를 멈추면 자식들 맘이 편할 수는 없다.

"엄마 빠깨스 다 때웠어?"

"이제 그만 때워."

그러거나 말거나 어머니는 막무가내이다.

"저리 가 아직 덜 때웠다."

"아이고 인제 그만 때워 또 이젠 때울 곳도 없어 또 때울 거야?"

"그럼 또 때워야 이 밤이 가지"

"밤새도록?"

"저리 가 저리 좀 가라고. 왜 남 노래하는 데 방해하냐!"

또 청산리가 나온다.

어머니 눈에는 눈물이 가득 고이다가 흘러내리는 눈물이 방바닥에 방울방울 떨어진다. 그것은 눈물이 아니라 진한 피눈물이었으리라. 모인 식구들이 깊던 얕던 다들 떼 울음에 휩싸였든 적이 한두 번이 아니다. 1975년 11월 4일 65세를 일기로 아버지가 세상을 떠나자, 장례 후에 어머님은 혼이 나간 사람처럼 돼 버렸다. 술은 입에도 안 대시던 어머니인데 막걸리를 그냥 물 퍼마시듯 마시고 울면서 남편을 그리며 속을 풀어내던 시조였다.

그 시조는 아버지가 술 한잔하고 자주 부르시던 황진이의 시조이다. 나는 가난하고 어려운 가정에서 자라면서 아버지와 어머니가 가정에서 싸우는 걸 한 번도 못 봤다. 그 정도로 어머니 아버지의 정은 깊었다. 그 시조를 늘 들어오다가 아버지가 돌아가시자. 어머니가 귀동냥으로 들은 그 시조는 어머니의 한풀이이며 아버지를 그리는 그리움의 노래였다.

어머니는 1915년 3월 15일에 계룡산 아래 흰 돌이라는 뜻을 가진 지금의 논산시 연산면 백석리에서 연산면에서는 유교 사상의 대부로 인정받으시던 외조부의 장녀로 태어나셨다. 어머니의 두 남동생도 정말 존경받을 만한 분들이셨다.

논산 그 먼 곳에서 청주까지 이틀 동안 가마를 타고 꽃다운 20

살에 시집을 왔으나 친정엘 가본다는 것은 꿈이었을 것이다.

큰형도 작은형도 군대에 안 가고 우리 집에서 처음으로 내가 군인을 가게 되었다.

1965년 나에게 빨간색 두 줄이 선명한 군 영장이 나오자, 아버지는 외갓집엘 가서 외할아버지께 인사를 드리고 군엘 가야 한다면서 다녀오라 하셨다. 그래서 난생처음으로 외가를 가게 되었다. 교통도 좋지 않을 때라 아침에 버스로 대전으로 가서 논산행 버스- 연산행 버스 계룡산행 버스를 갈아타며 가고 보니 거의 저녁때가 되었다.

30여 년 전 시집간 이0순의 아들이 처음 왔다니까, 온 집안 식구들 친척들이 다 모여들었다. 두 분 외삼촌 댁 또 그 자녀들 동리 사람들까지 아주 많이 모였다. 나는 무슨 동물원 유인원쯤 된 기분이었다. 외조부모님께 절을 하고 외삼촌 두 분 내외에게 절을 하고는 자리에 앉으니 외삼촌이

"할아버지 앞에서는 무릎을 꿇고 앉아야 하는 거야."

예의범절을 지키란다. 시키는 대로 하려니 정말 어렵다. 옛날 어른들이 이야기하던 이솝 우화 같은 생각이 났다. 상놈한테 양반다리를 하고 공부를 하면 양반을 시켜준대서 그 상놈은 양반다리를 하고 앉아 있으려니 정말로 다리를 쭉 뻗고 사는 게 얼마나 편한지를 알았다. 양반다리를 하고 앉아 있겠다는 것은 죽어도 못하겠으니 그냥 상놈으로 살겠다고 했다는 우화가 있듯이 딱딱한 방에 무릎을 꿇고 앉아 있자니 죽을 맛이다. 몸을 비

비 꼬자 외할아버지 일성이 귀속을 쳐들어왔다.

"허어 그리 방정을 떨어서야 어디 공부나 제대로 하겠느냐? 너는 앞으로 무엇을 하며 살 것이냐."

딱 쳐다보니 말을 잘못하면 담배를 피우는 긴 곰방대로 한 대 얻어맞을 것만 같다. 몸을 비비 꼬면서도

"예! 저는 유도 사범이나 태권도 사범을 할 것입니다."

씩씩하게 대답하고 의기양양했다.

"그래? 유일무 무일유야."

하시며,

"사범이라 자칭하는 자는 사범이 아니다."

"얕은 지식이나 기술을 가지고 기고만장하는 자는 스스로 망하고 만다. 언중유골(言中有骨)이니, 항상 말은 줄이고. 어떤 사람이든 그를 잘 보면 나보다 나은 면이 있다. 그 면이 바로 나의 스승인 것이다. 선생도 학생에게 배울 게 있다는 것을 아는 자가 선생 자격이 있는 것이다. 자만하지 말아라."

또한, 살면서 입뿌리 ㅈ뿌리 발뿌리. 세 뿌리를 조심하란다. 다른 친구들은 할아버지와 친하게도 지나는 걸 보았는데 아무리 쳐다봐도 외할아버지가 아니고 초등학교 때 월사금 안 가져온다고 매를 때리던 선생님만 같다. 할아버지라면 손자를 귀여워해 줘야 하는 게 아닌가! 된통 걸린 것만 같았다. 근 삼십 년 만의 처음 간 장녀의 막내아들인데 그 외손자에게 반찬을 잘해 주고 먹을 것을 주는 게 아니라, 긴 곰방대를 들고 잔소리만 하

는 할아버지가 진짜 외할아버지가 아닌 것만 같았다. 금방 집으로만 오고 싶어도 산골짝 마을에는 하루에 버스가 두 번 정도 다닐 때이니 꼼짝도 못 할 때이다. 그래도 외사촌과 말을 하다 보니 여기까지 왔으니 내일은 가까운 곳이니 계룡산 구경하러 가잔다. 약속했다. 그 외사촌 집으로 갔으면 좋겠다 싶지만, 그것은 외할아버지 눈치를 보니 안될 것 같다. 별수 없이 첫날 저녁을 꼼짝도 못 하고 외할아버지 방에서 잤는데 참 변소도 멀고 할아버지가 어렵기만 하다. 그 이튿날 새벽에 문밖에서 큰외삼촌이

"아버님 오늘 저 삼식이네 집 일 갑니다."

깜짝 놀랐다. 외삼촌이 1km는 됨직한 곳에 사시는데, 여기까지 와서 보고를 하다니!

"오냐 다녀오거라"

조금 있으니 작은외삼촌도

"아버님 저 순택이네 집 일 갑니다."

그러신다. 망아지 같이 살았던 나에게는 외갓집의 생활상이 생소하고 다른 세상엘 온 기분이었다. 그날은 밖으로 나갈 생각은 산골짜기 절로 가고 꼼짝 못 할 것만 같았는데 계룡산 구경하러 가자고 약속을 한 외사촌이 아침밥을 먹었는지 일찍 와서는 할아버지께 큰절하고는 무릎을 꿇고 앉는다. 외할아버지는

"잘됐다 너 이리 와서 앉아라"

하더니 외사촌에게

"너 누구 자손이지?"

하니. 나보다 몇 살이나 작은 외사촌은

전주 이씨이며 왕의 아들 무슨 대군부터 줄줄줄 외운다.

"그래 잘했다." 하더니 나를 쳐다본다. 그리고

"너는 누구 자손이냐?"

"네에?"

참 큰일이 났다. 누구 자손인지를 알아야 대답을 할 게 아닌가! 아는 거라고는 동래 정씨라는 것 뿐이다.

"너 외사촌 보았지? 네 뿌리를 알아야 하는 것이야. 집에 가면 알려달라고 해서 외워 그래야 상놈이 아닌 거야."

참 꿀 훔쳐 먹다가 들킨 도둑이 된 듯 입을 봉하고 있을 수밖에 없었다. 외할아버지는 나를 책상 앞에 앉으라고 하시고는 내가 듣도 보도 못한 명심보감을 이야기하시는데 도대체 뭘 알아야 말을 하지! 계룡산 구경은커녕 하여간 죽 쑤는 날이 됐으니 얼른 집으로만 가고 싶다.

저녁때가 되니 또 문밖에서 두 외숙부님이 차례로 와서

"아버님 일 다녀왔습니다."

"그래 가서 자거라"

외사촌들에게

"아니 외삼촌은 저 아래 동내에 사시는데 매일 그러시나?"

그렇단다. 식사 예절 등 놀랜 것은 그뿐이 아니었음은 말할 필요도 없다.

아침을 먹고 계룡산엘 가자고 어제 또 외사촌과 약속을 했었다. 산 구경을 하러 가려 밖으로 나가려 하니 외할아버지가 책상 앞에 앉으란다. 말을 안 들으면 외할아버지의 손에 쥔 긴 담뱃대에 한 대 얻어맞을 것만 같고 카랑카랑한 목소리에 기가 팍 죽었다. 거기에 대꾸할 것을 전연 모르기에 어릴 적 오줌싸고 혼날 때를 기다리듯 눈은 방바닥을 헤매고 있었다. '참, 청주에서는 내가 태권도복에 유단자 띠를 어깨에 메고 운동하러 거드럭거리며 다녔는데…. 아마 외할아버지댁 부근에서 살았다면 회초리깨나 맞았을 법하다.' 외할아버지는 외사촌에게

"너희들은 조선의 왕손이야. 그것을 잊어서는 안 돼! 행동 또한 왕손답게 조신하게 하여야 해 알았나?"

그러시더니 손주들 전부가 있는 데서

"삼강오륜을 말해 보아라."

나는 삼강오륜은 듣기만 했지, 외운 적은 없으니 삼강오륜은 정말 다 잊어버렸다. 벙어리보다는 그래도 그냥 코미디에서 들은 소리를 할까 말까 하며 끙끙대자. 외사촌이 등을 꾹 찌른다. 그리고는

"군위신강, 부위자강, 부위부강, 군신유의, 부자유친, 부부유별, 장유유서, 붕우유신"

한다. 아구야! 맞아! 언젠가 선생님에게 들어본 소리인데 까맣게 잊어버리고 전연 생각도 안 났었다. 얼굴이 빨개져 방바닥만 쳐다보니 오줌이 마렵다.

"저 오줌 누러 갈랍니다."

어머니는 그런 부모님 밑에서 자란 분이시다. 그런데 명색만 양반인 시골에선 좀 산다고 하는 집의 4형제의 막내아들인 아버지에게 시집을 오신 것이다. 할아버지는 장남에게는 제사를 모셔야 한다면서 모든 전답의 반을 나머지는 차남과 삼남에게는 나누어 주셨다. 그저 아무 말이 없으며 할 도리만 하는 막내아들인 남편에게는 아무것도 없었다. 시골에서 땅 한 평 없이 산다는 게 얼마나 어려울지가 눈에 뻔히 보인다.

어머니에게는 어려운 시절에 한이 맺혔을 법도 하다, 그저 믿고 의지하고 살아온 남편뿐이었을 것이다. 그 어려운 시절을 고생고생하며 내 집을 장만하셨으니 부모님은 참 대단하신 분이셨다. 이제 고생은 면했다 싶은데 남편이 세상을 뜨셨다. 그 허전함을 어디에다가 풀 곳이 없어서 청산리 빠깨쓰는 그냥 술김에 내뱉는 한풀이셨다. 막내딸이

"엄마. 아버지 보고 싶어?"

"그래 보고 싶다. 네가 가서 데려와"

"아버지보다 젊은 사람은 어때?"

하며 깔깔거리며 웃는다.

"데려와 봐. 시집가야 하겠어."

그리하다가 또 하루종일 동네 사람들과 마신 술에 곯아떨어져 옷을 입은 채 쓰려져 잠이 드신다.

그 이튿날 어제 일은 전연 기억을 못 하신다.

해장해야 한다며 이웃사촌들이 몰려와서 같이 마셔대는 막걸리는 식사 대용이다. 그저 매일 술로 날을 보내시기를 몇 년인가를 그리하신 것 같다.

얼마나 가슴이 아프셨을까? 그 마음을 알아주는 자식이 한 명이라도 있었을까?

그러시다가는 어느 날 술을 딱 끊으시고는 00 순복음교회 장로가 된 넷째 사위를 따라 교회를 다니시기 시작하셨다. 그 뒤로 청산리 빠깨스는 들어보지 못했다. 어머니 돌아가신 지가 24년이 된 지금 어머니 아버지 제사 때만 되면 생각이 난다.

어머님이 그리움의 한이 맺혀 부르셨던 "청산리 빠깨쓰,"

한 번만이라도 더 듣고 싶다.

지나간 팔십 년 세월

우리나라가 몹시 어려워서 먹을 게 없던 시절에 사람들이 동리 어른들에게 하시던 말. 또는 아이들이 윗사람들을 만나기만 하면 하던 인사말.

"진지 잡수셨어유?"

이 말은 내가 어렸을 때뿐만 아니라 20대 때에도 동네 어른들은 만나면 누구나 하는 인사말이었다. 임금의 밥은 "수라"라고 했고, 어른의 밥은 "진지"라고 하니 어른에게 인사를 하려면 꼭 "진지"라고 해야 했다.

가난한 시절 초등생끼리 싸움이 붙었을 땐

"니똥 굵어 인마?"

하면 가난한 아이들은 먹은 게 없으니 똥이 굵게 나온 게 언제인가? 잠시 생각에 잠겨본다. 언제 변소엘 가서 굵은 떡가래만한 걸 싼 기억이 별로 없다. 그러면 꼬랑지를 내리고 가만히 있을 수밖에 없던 시절도 있었다. 어릴 적 어른들이 하시는 말씀이

"야 잘 처먹고 똥도 잘 싸냐?" 하면

순 쌍놈들 이야기하는 것만 같이 들렸다. 세월이 지나고 보니 그 말은 참으로 좋은 말이었다.

"잘 처먹고 똥 잘 싸면"

그게 얼마나 건강하다는 이야기인가? 축복을 해 주는 말이다.

그랬던 시절 껌이라는 게 미군에서 흘러나오면서 우리나라 제품 껌도 구멍가게에서 팔기 시작했다. 그러나 우리나라 껌은 조금만 씹으면 물렁거리고 끈기도 없어 인기가 없었다. 그저 미제 바둑 껌이 향은 물론 끈기도 최고라 오랫동안 씹을 수가 있었다. 껌이라는 것은 아이들끼리는 환상의 대상이었다. 껌이 없는 아이들은 학교를 오가다가 밀밭이 있으면 들어가서 밀을 꺾어 입에 넣고 우물거리면 그것은 껌이 되었다. 그것도 한참을 깨물면 목구멍으로 쏙 넘어간다. 참 아쉽다.

그러던 차에 진짜 미제 껌이나 국산 껌이 생기면 요거는 보통 열흘은 씹을 수 있다. 학교 가서는 책상 밑에 붙여 놨다가 올 때 다시 떼어서 깨물고 집에 와서는 벽에 붙여 놓고 잠을 자고 아침에 일어나면 또 그걸 씹으며 학교엘 갔다. 껌은 먼지가 묻어 새까매 지면 그때는 그걸 들고서 한참을 쳐다본다. 버리자니 아깝고 씹자니 더러운 것 같고, 에이! 큰맘 먹고 길가에 버렸다. 그래도 아깝기만 했다. 친구들끼리도 껌을 씹는 아이가 있으면

"야! 그거 나 좀 줘라"

하면 친한 친구는 그걸 입에서 꺼내서 찍 늘려서 반이 좀 안

되게 좀 잘라서 준다. 그러면 입이 함박만 하게 커지고

"나도 껌 있을 땐 네게 좀 줄게."

언제 줄지도 모를 약속을 하기도 했다. 여자애들은 풍선껌을 혀로 늘려서 후 불으면 풍선이 됐다가 다시 폭 하고 껌이 되면 그걸 손으로 다시 입안으로 밀어 넣는다. 참으로 신기한 묘기이다. 나도 껌이 있을 때 해보려고 했지만, 그것은 정말 어려운 일이었다. 그냥 씹으며 나 껌 있다며 입만 우물거리며 자랑만 해도 된다.

그런 시절 미국에서 구호물자로 나온 미국 사탕을 가지고 온 애들은 보육원 애들이다. 참으로 그 사탕은 엿보다 향기도 좋고 맛도 참 좋다. 그 애들이 입속에서 깨물어 조금을 나눠 주면 그게 그리 좋을 수가 없다. 침은 입속에 고이고 그저 향기라도 맡으려고 그 애 옆을 졸졸 따라다닌다.

"야! 그거 어떻게 하면 얻어먹을 수 있니?"

매일 들어서 빤히 알면서도 그냥 쫓아다니며 또 물어본다. 그러면 그 애들은

"이건 교회에서 준대. 그러면 형아들이 나눠 줘. 아마 하느님이 주나 봐!"

거기다가 그 애들은 미국제 유리구슬을 가지고 와서 자랑하는데 참으로 갖고 싶은 장난감이다.

"그것도 교회에서 줘?"

"그런가 봐."

아이! 나도 보육원엘 들어가서 살고 싶다. 그러면 사탕도 먹을 테고 유리구슬도 가지고 놀 수 있을 것 아냐! 나는 황토흙을 동그랗게 뭉쳐서 그걸 말려서 구슬치기하며 놀았었다. 흙바닥에다가 구멍을 다섯 개를 뚫어놓고 그 속에다가 그 흙 다마를 굴려서 넣기를 하면서 다섯 군데를 돌면 이기는 게임이다. 그 애들은 유리구슬로 게임을 하고 나는 흙 다마이니 연실 게임에서 졌다. 유리구슬은 미끄러워서 흙바닥을 잘도 굴러가는데 흙 다마는 울퉁불퉁하니 잘 굴러가지를 않는다. 게임에서 연신 참패다. 그러면 그 게임에서 이기려고 팔을 쭉 뻗으면서 흙 다마를 굴린다. 그리면 그 애들은

"말좆깠다"며 반칙을 선언한다. 그러면 다시 해야 한다.

에이! 하느님이 뭔지는 모르지만! 사탕과 유리구슬을 준다면 교회에 가서 하느님을 믿고도 싶다.

어쩌다 그 다마 놀이를 하다가 그 애들과 싸움이 붙을 때가 있다. 그러면 그 애 보육원 형아가 들어와서 때리기 때문에 싸움을 걸어 봤자 손해라는 것은 빤하다.

그 애들이 작다고 때렸다가는 안 되니까 약을 올리는 수밖에 없다.

"너 너희 엄마 아빠 있어? 난 다 있어!"

하면 그 애들은 기가 죽는다. 그 애들을 이기는 방법은 딱 그것이다. 나는 어느 날 횡재를 했다. 공장에 다니는 형이 주는 편지를 누나에게 갖다주고서 그 귀한 쇠 구슬을 얻은 것이다. 그

쇠 구슬을 주면서 누나에 관한 이야기를 별걸 다 묻던 형이다. 내가 그 쇠 구슬을 가지고서는 살판이 났다. 보육원 아이들에게 대항했다.

"야! 우리 구슬 때리기로 하자!"

유리구슬을 가진 애가 쇠 구슬과 싸우려고는 하지 않으니 내가 일등이고 그저 맘이 항시 뿌듯하다. 그러니 이제는 하느님을 믿으러 교회엘 가고 싶은 맘도 없어졌다. 그저 쇠 구슬이 든 봉창을 어루만지며 그게 어디로 빠져나가 잊어버릴까 봐 걱정이 태산 같았다. 그게 10세 때에 큰 걱정이었다.

그러고서도 20세 때는 군인 갈 걱정. 30대 40대에는 먹고사는 걱정. 50대, 60대는 아이들 결혼 걱정. 70대는 아이들이 잘살아야 할 텐데 걱정이 늘 나와 함께 붙어 다녔다. 그런데 내가 80이라! 지나간 모든 세월의 걱정은 다 어디로 갔단 말인가?

그 걱정의 해결은 팔십 년이라는 시간이었다.

딸 나면 비양기 타고 아들 나면 빠스 타안다

Hey. its small in side That's bigger. Take the out. Put it on the scale.

바닷가재 전문식당엘 사돈 내외와 우리 내외가 같이 갔는데, 바닷가재를 가두어 놓은 탱크 앞에서 큰놈을 골라가면서 식당 직원에게 사돈이 몇 번을 반복하던 이야기이다.

좀 작은놈을 꺼내면 당장 노, 노. 하며 다른 놈을 고른다.

젠장 영어로 말할 줄만 알면 좀 거들어야 하는데, 영어 회화를 못 하니 그저 사돈 입만 쳐다만 보고 있었다. 망신이야 벌써 인천공항에서 볼 장 다 봤다. 공항에서 출국 절차를 밟는 것까지 사돈이 다 알아서 척척하니, 덤으로 따라다니는 어판장의 고등어 잔챙이가 된 기분이었다. 이거 사돈에게 체면이 말이 아니다.

영어를 잘하는 그런 사돈과 싱가포르 여행을 갔다. 25년 전 우리 내외와 사돈까지 4명의 왕복 비행기 표를 큰딸이 준비해줘서 동남아. 싱가포르 등을 여행을 떠났다.

사돈 뒤를 졸졸 따라다니면서 그를 놓칠세라 그저 누에가 고치 만드는 고개가 되었으니 참 내가 생각해도 그놈의 영어 회화를 못 하는 게 한스럽기도 했다.

공항까지 나온 사위가

"아버님 싱가포르에서 구경하시고 말레이시아 가시면 그곳에 바닷가재가 싸고 아주 싱싱해요. 서울 하고는 완전히 달라요. 공짜 같아요."

무역하는 사위는 외국을 많이 다녀 봐서인지 잘 아나 보다!

"가셔서 바닷가재 많이 사 잡수시고 오세요."

딸은 돈도 두둑이 챙겨 줬다. 속으로는, "야." '그 비싼 걸 어찌 많이 사 먹니?' 했었다.

사돈 내외와 우리 내외와 동남아, 싱가포르 등을 다니다가 말레이시아로 갔다.

대형 식당 앞에는 탱크에 가둬놓은 바닷가재가 엄청 많이 있다. 먹을 사람이 가재를 고르면 식당 직원이 가져다가 그것을 요리해 준단다.

그곳에 가기 전에 나는 우리나라 바닷가재 전문식당에서 요리를 먹어본 적이 있다. 1.2kg짜리 한 마리를 시켜 먹었는데 부수적으로 나온 것과 합쳐서인지 그게 우리나라 돈 20만 원이었는데…. 사돈은 큰놈을 골라 두 마리를 시켰다.

나는 그저 가격도 안 물어보고 눈치만 보며 비싸봤자 한 30만 원이겠지 했다.

1.5 kg짜리 한 마리는 두 사람이 먹어도 다 못 먹을 정도로 속살이 많았다.

1.5kg짜리 두 마리를 먹었는데 계산을 하려니 그게 미화 70달러란다.

우리 돈 약 8만 원 참으로 가격이 싸다. 참! 사 가지고 집으로 가지고 가고 싶을 정도이다.

첫 딸은 살림 밑천이라더니 첫딸을 낳았으니 비행기 표에 용돈에 맛있는 요리까지 큰 호강을 한 셈이다.

식당에서 환대받은 것은 정말 VIP 대우다. 직원 네 명이 사돈 내외와 우리 내외 옆에서 시중을 드는데 너무 기가 차서 정말 그 사람들을 보내고 싶을 정도였다. 그들은 정말 맛있는 바닷가재 요리를 상위에서 먹기 좋게 잘라준다. 젓가락으로 바닷가재 살을 한 점 집어먹고 상에 올려놓으면 그것을 얼른 들어 그 사람들이 다시 반듯하게 놓는다. 무엇을 먹든 수저를 놓으면 수저가 있던 자리에 꼭 다시 정돈해 놓고는 부동자세로 서 있는다. 참으로 수저 놓기도 미안하다. 그저 고맙다고 고개만 까닥거렸다.

그들에게 사돈이 월급이 얼마냐고 물어보니 월 우리나라 돈 2만 원이란다.

그들 4명의 한 달 치 월급을 우리가 한자리에서 앉아서 먹고 있으니, 그들의 눈에 비친 우리는 어떻게 보였을까? 팁으로 준 몇 달러도 그들에게는 큰돈이었을 것 같다.

체면 구긴 여행이 끝나고, 며느리를 끔찍이도 아끼는 사돈은 다음에 한 번 더 가잖다. 대답은 'Yes로 해야 할 것 같은데. 그 소리는 목구멍으로 꼴딱 넘어가고 고개를 까딱이는 것으로 대신했다.

그래도 집에 와서 생각나는 것은. '얼굴 달아올랐던 것은 어디로 도망가고.'

딸 나면 바양기 타고 아들 나면 빠스 타안다. 였다.

내가 첫째로 딸을 낳자. 시골 동리 할머니 아주머니들이 집에 와서 한 말이다.

유교 사상에 물든 한국은 아들 위주로 모든 일을 처리했으며 딸은 예외였다.

충청도 사투리가 아니더라도 우리 세대에 딸을 나면 딸 난 엄마에게 위로의 말씀으로 생각됐던 말이었다. 그러나 그것은 현실이었다.

딸을 키우면서 이걸 누구에게 시집보내나! 그냥 같이 살고 싶었을 때도 있었다.

그러나 세월이 딸들을 뺏어 가던 날. 기쁨보다는 한구석은 텅 빈 것만 같았다. 그러면서도 싸우지 말고 잘 살아야 할 텐데 걱정도 많이 했었다.

환경이 다른 생활에서 커온 아이들이 과연 싸우지 않고 잘살까?

딸들을 시집보내고 마음속으로는 그 애들이 잘 살기만을 얼마나 바랐는지 모른다.

어떤 부모도 마찬가지일 것으로 생각한다.

딸 셋을 낳고 막내로 아들인데 역시 딸들 덕에 외국 여행도 여러 번 했다.

그렇다고 아들이 여행비용을 안 준 것은 아니지만….

딸 나면 비양기 타고 아들 나면 빠스 타안다.

그 말이 그냥 우리나라 전국을 휘돌아다닌 말은 아닌 것 같다.

친구親舊

친구란 한문 글자를 보면 친구 親(친할 친), 舊(옛 구) 이렇게 쓴다.

오래된 친한 사람을 뜻한다. 사람의 삶은 기약이 없다. 그 기약 없는 인생을 함께할 친구가 오래전부터 있다는 것은 참으로 행복한 것이다. 친구란 보물이다. 친구는 보물과 같아서 간직하기가 어려운 것이다. 그것이 바로 친구가 아닐까? 진정한 친구란 본인이 곤경에 처했을 시 알아볼 수가 있을 것이다. 만난 지 얼마 지나지 않은 사람에게 너 내가 천만 원 줄게 나랑 친한 친구 하자면 그게 가능할까?

1975년 65세를 일기로 소천하신 아버지가 말씀하시던 것이 생각이 난다. 어렸을 때는 그 뜻을 잘 몰랐다. 설마 그럴 리가 있을까? 그냥 이야기쯤으로 들었었다. 그러나 이제 내가 아버지가 돌아가셨을 때보다도 열다섯 살이나 더 살고 보니 그 말씀의 진가가 생각이 난다.

경성 지금의 서울에 사는 한 가정의 이야기의 실체였다며 말씀하셨다.

작은 벼슬아치였던 아들은 항시 매일 친구를 만났다며 술에 젖어 곤드래 만드래가 되어 집에 들어오곤 했다, 가정사가 흔들릴 정도가 되자 아버지는 아들에게 물었다.

"네 친구가 얼마나 많으면 연일 이 친구와 저 친구를 만났다며 술타령이냐? 이제는 정신 차리고 친한 친구 한 사람만 사귀거라."

"아버지 저는 친구가 참으로 많습니다. 그들은 아주 귀한 진정한 친구들입니다."

아들에게 일렀다.

"친구란 둘이 모이면 친구이지만 셋이 모이면 우정이 깨진단다. 그것은 사람의 질투 때문이란다. 내가 하는 말이 무엇인 줄 아느냐?"

그러자 아들은

"그럴 리는 절대 없습니다. 제가 만나는 친구들은 서로 아주 죽기를 맹세하고 사귀는 친구들입니다."

하며 강력한 항의를 했다.

"네가 진정 친구라고 생각하는 사람이 정말 한 사람이라도 있느냐?"

하자 아들은 매일 만나는 친구들의 이름을 술술 나열했다.

"정 그렇다면 네 친구와 만날 적마다 친구의 입에서 친구는 너

밖에 없다. 네가 아무리 어려운 일이 닥쳐도 나는 친구로서 너를 도울 것이다.라는 이야기를 그 친구에게서 직접 듣고 그런 친구들을 찾아보아라.”

아버지가 그리 말하여도 아들은 항시 친구들이 최고라며 술타령을 친구들과 매일 하였다.

“내가 너에게 이야기한 참 친구들은 지금 몇 명이나 되느냐?”

“예, 제 친구들은 아주 완벽히 변함없는 친구들뿐입니다.”

“그래? 그렇다면 내가 시험을 해 봐도 되겠냐?”

“아버지의 말씀을 따르겠습니다.”

“그렇다면 며칠 후 내가 시키는 대로 해라.”

하고서는 아버지는 아들 몰래 돼지를 잡아서는 초저녁에 지게에다 멍석을 둘둘 말아서 지워 놓고는

“이것은 사람의 시체이다. 이 시체를 짊어지고 네가 가장 친하다는 친구 집으로 가자.”

아들은 아버지가 시키는 대로 그 지게를 지고 가장 친한 친구 집을 향하였다.

“이 집이 그 세상에도 없을 것 같은 친한 친구네 집입니다.”

아들은 그 지게를 친구 집 앞에 받쳐 놓고 아버지를 쳐다보았다.

아버지는 아들에게 일렀다.

“그러면 그 시체 지게를 집 앞에 받혀놓고 친구를 불러내거라. 그리고 조금 전에 내가 살인을 저질렀다. 이 지게에 있는 것

이 내가 죽인 사람의 시체이다. 그리 말을 해라. 그리고 그 친구의 답을 들어보자."

아들은 시키는 대로 친구를 불러놓고 그 이야기를 하자 그 친구는 펄쩍 뛰며

"내가 살인죄를 지은 자를 도와주면 나도 같은 동조자가 될 것 아니냐?"

매몰차게 거절하고는 대문을 닫고 들어가 버렸다. 그러자 아버지는

"그러면 네가 다음으로 친한 사람들 집으로 가서 지금과 똑같이 해 보거라."

친한 친구라는 친구 몇 집을 다니며 사정해도 그 친구들도 마찬가지로 대문을 닫아걸고 들어가 버렸다. 밤새 몇 집을 돌다가는 그 지게의 무거움에 아들은 지쳤다.

그리고 날이 새기 시작하자, 지친 아들은 기권을 했다. 아버지가 말했다.

"이번엔 내 친구들 집으로 가자."

하고는 아버지 친구 집으로 향하니 날이 훤해지기 시작하였다. 아버지는 친구 집 대문에 서서 친구를 불러냈다. 그러자 아버지 친구가 나왔다.

아버지는 그 친구에게

"내가 어제저녁에 잘못하여 살인을 저질렀네! 이걸 어찌하면 좋은가? 이 지게에 지고 온 것이 그 시체라네."

했다. 그 말을 들은 아버지 친구는

"누가 보면 안 되니 얼른 집으로 그 시체를 가지고 들어가세. 그리고 어찌할 것인가를 상의하세."

그 친구는 집에 들어가자 자초지종을 물었다. 아버지는 껄껄 웃으며

"사실은 아들 교육하기 위해서 그리했네."

하고서는 지게에서 멍석을 내려 펴니 그것은 시체가 아닌 돼지를 죽인 것이었다.

아버지는 그 친구에게

"돼지를 삶아서 동네잔치를 합시다."

하였다.

젊을 때는 친구는 많을수록 좋을 수도 있다, 이곳저곳에 아는 사람이 많으면 내가 살아가는데, 진정 도움이 될 수도 있기 때문이다. 그래서 친구는 어떤 친구라도 많으면 좋을 수도 있다. 특히 어려운 일에 봉착하면 그와 관련된 친구를 불러 진하게 술이라도 한잔하면 그 어려운 일도 술술 풀릴 수도 있다. 그것은 술의 마력이며. 그리고 돈의 마력이다. 그렇다면 술과 돈이 친구를 사귀는 도구는 아닐까?

지난날 내가 잘 나갈 시 친구는 정말로 많았다. 그러나 시간이 지나자 죽는 사람도 많았지만, 아버지 말씀이 항시 생각이 난다. 내 친구란 과연 누구일까?

요즈음 사람의 생존에 관한 연구 결과를 보면 친구가 있는 사

람과 없는 사람의 수명에도 직접 관련이 있는 것으로 나와 있다. 친구가 있고 그와 자주 만나는 사람일수록 수명이 길어진다는 연구 결과이다.

사람이 태어나서 진정한 한 사람의 친구만 만들었다면 그 사람은 성공했다고 한다.

나는 과연 정말로 친한 친구가 있을까?

내 영정 사진을 보면서

불과 몇십 년 전만 해도 장례식장을 사용 하는 사람은 부자 이거나 이름있는 사람들이었다. 나의 아버지가 돌아가셨을 때는 정식 유교 사상에 의한 장례를 치렀는데. 지금의 세월은 장례문화가 많이 변하였다. 요즘의 장례식장은 이승을 하직한 사람의 혼백 틀 대신 사진이 꽃 속에 둘러싸여 있다. 조문을 온 사람들은 죽은 사람의 사진을 보며 그를 추모하며 향을 피우기도 하고 기도를 하기도 한다. 예의를 차리면서도 망자의 영정 사진을 마지막으로 한번 쳐다본다. 그리고 상주와 대화를 한다. 장례식장에 가서 망자의 영정 사진을 보노라면 영정 사진을 미리 찍어놓지 않아서 옛적에 찍어놓은 사진을 확대하거나 젊을 때 사진을 그냥 걸어 놓기도 한사람들도 많다. 망자를 보았던 사람들은 망자가 젊을 때 찍은 사진을 제상 앞에 놓으면 보는 이들은 저분도 저런 때가 있었구나! 하며 잠시 그가 죽기 전의 모습을 생각해보기도 한다.

얼굴의 윤곽도 희미한 영정 사진을 보노라면 어찌 좀 이상하다. 그래서 나는 식구와 둘이서 각자 10여 년 전에 찍은 사진으로 영정 사진을 만들어 놓았다. 영정 사진이라고 만들어 놓았는데도 안 죽으니 그 사진은 젊은데 본인들은 점점 꼬부라져 가는 것만 같다. 현재와 영정 사진과는 사뭇 딴판이다.

영정 사진을 다시 찍을까? 다시 찍으려니 망설여진다. 왜? 그럴까? 죽기가 싫어서일까? 아니면 영정 사진을 만들어 놓았는데 사진 자체가 맘에 안 들어서일까?

영정 사진을 보면 어떤 때는 슬퍼 보이고 어떤 때는 저 사진은 자식들 체면치레용인가? 생각해보기도 한다.

내가 30대 때에 아버지가 돌아가셨다. 철저하게 유교 사상에 의한 장례식을 철저히 치렀다. 그저 제상 앞에 망자의 손톱 발톱을 깎아서 삼베 주머니에 넣어 놓은 것을 나무틀(혼백틀)에 넣어서 제상 앞에 놓고 돌아가신 분의 신체라 생각했다. 상주는 굴건제복하고 삼시 세끼 때마다 병풍 앞에 상에 밥을 차려놓았다. 망자 관 앞에 세워둔 병풍 앞에서 끼니때마다 "아이고 아이고" 하며 슬피 울었다. 상주들은 하도 소리를 내서 울었기에 나중에는 목이 쉬어서 손님들이 조문을 와도 "아이고" 소리도 잘 안 나온다. 3일째가 되어서는 입만 벙긋거리는 벙어리나 마찬가지로 되자. 집안의 사람들은 날, 달걀들을 먹이며 부산을 떨었다. 슬픔도 오래가면 그리 벙어리처럼 될까? 아버지가 65세에 돌아가시자 환갑이 넘어서 죽었으니 호상이라고 하여 상주를 골리기도 하고 웃기기도 했다. 또한, 호상이라며 풍장을 치며 “댓떠리”라고 하는 빈 상여를 메고 “어헝 어하” 하며 요량잡이는 빈 상여 위에 올라타고서 종을 흔들며 동리를 한 바퀴 돌기도 했다. 요량잡이가 종을 울리며 하는 소리는 사람의 심금을 울리고도 그 여운이 남는다. 그저 그 소리만 들으면 가슴이 뭉클하고 남에게도 잘해야 하겠다, 싶은 마음이 들기도 했다. 환갑만 넘으면 망자가 장수했다는 것을 그리 요란스럽게도 알렸다. 상주들은 삼일 장이면 삼 일, 오일장이면 닷새 동안 거의 잠을 안 잔다. 밤과 낮을 가리지 않고 오는 손님들 때문이다. 1970년대만 해도 초상이 나면 사람들은 일부러 밤늦게 초상집엘 간다. 모두가 가난했던 시절 먹을게 천지인 초상집은 그 근동의 사람들의 잔칫집이 되며 노름꾼들의 집합소도 된다. 노름꾼들은 경찰의 제지도 받지 않으니 초상집은 노름꾼들의 천국인 것 같았다. 조문 온 사람들을 대접하려고 부엌에서 일하는 사람들은 몰려든 동리 사람들과 친척들 또는 노름꾼 때문에 밤새 쉴 틈이 없다. 술도 먹을 겸 화투도 치고 윷도 놀고 겨울엔 황톳불도 마당에 밤새도록 피운다. 음식은 언제든 주문만 하면 술과 고기를 공짜로 갖다주니 인근 사람들은 저녁때만 되면 상갓집으로 몰려든다. 노름꾼들에게는 더할 나위 없는 그저 최고의 자리이다. 그런 곳을 노리는 시내의 타자 꾼들은 언제 소문을 들었는지 초상집으로 몰려든다. 며칠 동안 벌어진 돈 내기 화투에 노름꾼들은 타자 꾼들에게 돈을 다 빼앗긴다. 돈 좀 따보려고 며칠 밤을 새우고 돈을 홀라당 잃은 사람들은 아침 해가 뜨면 입맛을 쩍쩍 다시며 후회와 번뇌에 쌓여 해장국집을 향해 간다.

1975년 아버지가 돌아가시자 손님은 물밀듯이 몰려왔다. 동네잔치 같기도 했다. 5일 동안을 집안에서 법석대니 상주들은 잠도 잘 수가 없다. "아이고 아이고" 그저 손님만 오면 상주들은 하도 절을 많이 해대서 일어서지도 못하게 허리가 너무나 아프다. 그래서 상주들은 지팡이가 필요했다. 그래도 나는 삼 형제라 교대로 손님을 받기도 했다. 맞절을 많이도 하니 상주들은 죽을상이다. 돌아가신 아버지는 환갑이 넘었다 하여 이웃 또는 계원들이 장난질한다. 그러면 상주도 절을 하는데 그들은 상주를 골릴 셈으로 교대로 밖으로 나갔다가는 다시 와서

"아이고 상주님 얼마나 애통하세요"

하며 또 절을 하니 상주도 맞절을 또다시 할 수밖에 없다. 한 번만 하는 게 아니라 절을 하고 나갔다가는 다시 와서 또 절을 한다. 그래서 하루에 몇 번에 절을 하는지도 모르게 연신 절을 하니 정말 상주는 죽을 노릇이었다. 어쨌든 손님이 절을 하러 오니 상주는 같이 절을 안 할 수가 없다. 며칠 동안 잠도 못 자고 시달린 상주들은 그저 누가 누군지도 잘 구별을 못 할 정도가 된다. 손님이 왔다면 그저 뭔가 어른거리기만 해도 손님인가 하고 금방 절한 사람을 보고도 또 인사를 한다. 그가 누구인지

도 그저 반쯤 감긴 눈으로 쳐다보고는 그저 엎드리며 예의를 차린다. 그러는 사이에 장난꾼이 부엌에 가서는 솥 밑에 붙어있는 숯검정을 손에 잔뜩 묻혀 가지고 와서는 그저 슬픈척하며 껴안고는 내 얼굴에 숯검정을 잔뜩 묻혀놓았다.

시커먼 그을음이 얼굴에 잔뜩 묻은 상주를 보고는 뒤에 온 장난꾼이 초상집에서 웃을 수는 없고 웃음이 나와도 참다가도 웃음보를 터트린다. 쿡쿡 웃으며 입을 가리고 조문을 한다. 나는 몰려드는 손님들에게 절을 하느라 눈치도 못 챘었다. 금방 인사를 하고 간 장난꾼들은 또 와서

"어떻게 돌아가셨어요?"

하고 또 묻는다. 나는 대답을 했는지 안 했는지도 비몽사몽간이다.

"예 편찮으셔서 앓다가 돌아가셨어요."

"잘 죽었지 뭐! 언젠가 죽을 거 빨리 죽어야 자식들이 기 좀 펴고 살 것 아니요? 그동안 아버지 때문에 고생 많으셨지요?"

한다. 그러면 나는

"예 그렇지요."

하고 맞절을 한다. 장난꾼은 상주의 눈치를 슬슬 보며 도망갈 준비를 마치고는 한 수 더 뜬다.

"앞으로 그런 일이 있으면 나를 불러주세요. 상주님은 그저 밧줄로 목만 감아놓고 됐어요, 하세요. 그러면 내가 밖에서 줄을 잡아당길 터이니 신호만 하세요"

한다. 그러면 비몽사몽이 된 나는 무의식중에

"그럴게요."

하며 또 맞절을 했다. 문상을 한 사람이 일어서며 신발을 신으면 뭔가가 찜찜하다. 무의식중에도 생각을 해보니 이거 뭐가 잘못돼도 한참 잘못된 것 같다. 정신이 번쩍 드는 그런 느낌이 들었을 때는 장난꾼을 벌써 자리를 박차고 도망을 간다. 성질 급한 내가 지팡이를 꼬나들고서는

"뭐야 이놈아! 이 죽일 놈이"

소리소리 냅다 지른다. 그러면서 그 손님을 때리려고 대나무 지팡이를 들고는 허겁지겁 마루 밑 짚신을 신고 뛰쳐나왔으나 안 신어 보던 짚신이 홀떡 벗겨지니 그 싹수없는 놈을 따라잡을 수가 없다. 그냥 씩씩거리며 손님을 쫓아가다가는 이내 포기하고 만다. 내가 씩씩거리며 숨도 가라앉지도 않았는데 또 한패 장난꾼들이 풍장을 치며 놀려댄다.

"상주님 호상에 화를 내면 망자가 지옥에 간대요."

상주들은 서로 얼굴을 쳐다보며 할 말을 잊었다. 1975년 11월 14일 아버지가 65세에 돌아가시자 나는 이런 일을 겪었다. 아마도 그런 절을 하며 상주를 놀려댄다면 가만히 있을 사람이 없어 보일 듯하다. 그래도 그것은 지난날의 추억이었고 아버지나 어머니가 다시 살아 돌아와 다시 돌아가신다면 그런 욕도 참아 낼 것 같다.

깡패 오징어와 한패거리 낙지에게 깔보인 날 · 1

통영에서 배를 타고 갈치 낚시를 하러 갔다가 밤새 허탕을 쳤으니 피곤하다. 배도 고프고 하여 일행과 함께 통영 어시장 부근에 주차를 해놓고서 어시장을 갔다.

밤새 잡은 고깃배들이 들어오는 아침 새벽시장은 정말로 도떼기시장이다. 시내 횟집 주인들 또 아침 시장을 보러 오는 사람들로 넘쳐난다. 청주의 시장과는 생판 다른 시장 풍경이다. 청주의 시장은 채소 점포가 주류를 이루지만 통영 어시장은 살아서 펄펄 뛰는 금방 잡아 온 생선을 파는 시장이고 시내 사람들은 채소를 사러 오는 게 아니라 살아 움직이는 싱싱한 생선을 사러 온다.

"뭐 찾아 얘. 이거 금방 온기라 얘. 돔도 싱싱하고 방어도 싱싱한 거라 얘. 매운탕도 끼리 드립니더".

"그래요? 싱싱해 보이네요. 방어는 얼마예요?"

"원래 십이만 원은 받아야 카는데 얘 십만 원만 주이소."

"아침을 먹을 것이니 그 방어 회도 뜨고 매운탕도 끓여 주세요."

하고서 청주로 오다가 중간에 더 먹을 것 있을까? 하고 아침 준비하는 동안 일행들과 시장을 돌아다녔다. 통영 그 부근이 어장이라 각종 고기가 많다. 각종 계도 있고 소라에 해삼에 고등어에 돔 종류 이름도 모르는 고기도 많다. 동행한 낚시꾼 세 명과 다니며 시장을 한 바퀴 돌면서 고기 구경을 하며 다녔다. 금방 차에서 내린 오징어를 한 사람이 큰 양푼에 쏟아놓고 간다. 관심이 간다. 그래서 그 양푼 앞에 셋이서 쪼그리고 앉아서 오징어를 쳐다보고 있었다. 오징어도 나를 쳐다본다, 어찌 나를 째려보는 것만 같다.

"짜식 말야 째려보는 눈이 깡패 같잖아?"

하며 내가

"아주머니 이거 한 마리에 얼마요. 이짜식이 날 우습게 보나 봐요. 저 날 쳐다보는 눈깔 좀 봐요. 낚시가서 고기도 못 잡고 온 놈이라고 째려보나 봐요."

하고 농담을 하는 순간. 오징어가 내 얼굴에 먹물을 확 뿌린다. 체! 아침 세수 한번 잘했다. 그 먹물 양이 그리 많을 줄은 생각도 못 했지만 참으로 화딱지가 난다. 윗옷을 보니 더 화가 난다. 에이 이새끼! 하며 양푼에 있는 놈을 주먹을 쥐고 그저 한 대 갈겼다. 그랬더니 얻어맞은 놈은 가만히 있는데 옆 놈이 내게 먹물을 확 뿌린다. 재수 없어서 잡힌 화풀이를 나한테 하나

보다. 참 재수도 되게 없는 날이다. 아니 같이 앉아 있는 동료한테는 먹물을 안 쏘고 왜 나한테만 쏘느냐고. 제 친구를 팼다고 나한테 먹물을 쏜다 이거지!

"아주머니 이거 깡패 오징어 아니요?"

해도. 오징어를 파는 아주머니는 그냥 눈만 멀뚱거리며 미안하다는 표정도 없다.

"원래 예 오징어는 애, 바로 앞에서 보면 먹물로 쏩니더."

그러고는 다른 사람하고만 흥정을 한다. 그러잖아도 갈치배탄 값도 일 인당 23만 원이나 줬다. 같은 배를 사람들은 두 마리라도 잡은 사람이 있다. 일행들이 갈치를 못 잡은 것은 신출내기 선장의 갈치가 있는 곳을 못 찾은 결과이다. 우리 동행들도 겨우 한두 마리만 잡았다. 나는 한 마리도 못 잡고 허탕을 쳤다. 약이 오르는데 오징어한테 당했으니 하소연할 곳도 없고 경찰서에 고소도 할 수가 없다.

'사람이 내게 먹물을 뿌려 봐라. 그럼 바로 고소감이지!'

"아주머니 저 두 놈하고 저 옆에서 날 째려보는 놈하고 세 마리 주세요. 그리고 낙지도 두어 마리 썰어 줘요."

원래 오징어는 동해안에 울릉도 부근에서 많이 잡히는데, 요즘 우리나라가 아열대 지방으로 변해 가면서 오징어는 남해안에서도 많이 잡히고 서해안서도 잡힌다. 서해안은 주꾸미의 세계이다. 주꾸미를 잡으러 가서도 그리 당한 적이 있다. 그래서 주꾸미를 잡으러 갈 때는 위에 옷을 검은색으로 입고 간다.

주꾸미도 잡아서 쳐다봤다가는 먹물 세례를 받는다. 덩치가 작으니 그 양은 많지 않아도 그냥 옷을 다 버린다. 세탁소에 옷을 갖다줘도 먹물은 잘 안 빠진단다. 그런 것을 아는 내가 오징어 먹물을 뒤집어썼으니 화가 무척 났다.

같이 갔던 일행이 한 수 거든다.

"아이고! 오징어가 얼마나 얕잡아 보았으면 먹물을 쏴댔을까? 그것도 두 번씩이나"

하며 일행들이 깔깔대며 약을 올린다.

"앞으로 바다에 낚시하러 갈 때는 옷을 아주 까만 색으로 입고 가, 누가 주황색 옷을 입으랬어?"

"오징어를 잡으러 왔다면 까만색 옷을 입고 왔지. 갈치 잡으러 왔잖아. 주황색 옷이야 낚시꾼들이 물에 빠지면 멀리서도 보이라고 입는 게 아닌가?"

아니 먹물을 쏘려면 같이 있는 사람한테도 쏴야 할 것 아냐? 왜 나만 쏘느냐고! 성질이 팍 난다. 오징어 회가 먼저 나왔다. 성질이 난 김에 그 깡패 오징어 회를 젓갈로 뭉텅이로 집어서 입에다 넣고. 이놈 네가 날 먹물로 쐈다 이거지. 하며 우적우적 깨물어댔다. 소주도 한잔하니 속이 좀 풀린다.

그러다가 낙지 맛을 보려고 젓가락으로 한 움큼 집어서 입에 넣고 씹는데 낙지 다리가 입천장에 척 늘어 붙는다. 깨물 수도 없고 목구멍으로 넘어가지도 않고 잘못하면 질식사할 것만 같다. 캑캑거리다가는 손가락을 집어넣어서 그놈의 다리를 잡아

당겼다. 겨우 꺼내고선 후유 하고 한숨을 쉬니 살 것만 같다.

제기랄, 재수 없는 놈은 뒤로 자빠져도 코가 깨진다더니 요! 낙지까지 나를 약을 올리네. 하도 캑캑 대서 눈물이 다 나온다.

홧김에 엉뚱한 사람인 주방 아주머니한테

"아주머니 어찌 죽인 낙지가 입천장에 딱 붙는대요? 죽을 뻔 했잖아요. 설 죽였어요?"

"아니요. 금방 죽인 기라 그럴 수도 있씸더, 꼭꼭 깨물어 드이소. 찰떡 먹다 죽는다는 소리는 들었어도 얘 낙지 먹다 죽은 사람은 없어얘."

"왜 없어요. 낙지 먹다가 죽은 사람 있다고 TV에도 나왔던데요."

성질이 나는 바람에 소주를 석 잔이나 홀라당 마셨다. 깡패 오징어한테 KO를 당하고 한패거리 낙지한테 혼쭐이 난 날이다. 에이! 오늘 재수 옴 붙은 날이다.

깡패 오징어와 한패거리 낙지에게 깔보인 날 · 2

통영 어시장에서 함지박에 있는 오징어를 홍정하다가 오징어가 내 얼굴에 먹물을 쏘는 바람에 그놈을 한 대 주먹으로 갈기고는 그놈을 썰어 달래서 우직우직 깨물어 먹었다. 아침 식사를 배가 불룩하도록 먹고서는 집으로 오는 대전 통영 고속도로로 들어섰다. 밤새 파도에 시달려서인지 피로가 몸을 감싸기 시작했다. 눈꺼풀은 천근만근인지 눈꺼풀에 묵직한 쇠뭉치를 달아 놓는 것 같이 눈이 떠지질 않는다. 한 시간쯤 달렸다. 차 뒷좌석에 앉아서 고갤 끄덕이며 조는데 두어 시간 전에 먹은 오징어가 뱃속에서 억울하다며 가만히 있지를 못하겠다며 발광을 하나 보다. 배가 부글부글 끓어오르며 배출구 끄트머리까지 거의 왔는지 밖으로 대가릴 내밀려고 난리를 친다. 그냥 그놈이 못 나오게 출구를 잔뜩 조이고서 참으며 말을 하려는데 말도 크게 못 하겠다. 재채기라도 한 번 하면 일은 벌어질 것 같다.

참다못해 다 죽어가는 소리로

"김 기사 내 뱃속에 전쟁이 났어. 길섶에라도 좋으니 날 좀 내려 줄 수 없겠어?" 하니

"조금만 더 가면 휴게소요 쬐끔만 참으셔"

뱃속에서는 지랄 벅구녁이 났다.

"아이고! 급해 안돼."

우리는 낚시를 하러 갈 때 4~5명이 같이 가는데 운전은 돌려가며 술을 안 먹은 당번이 한다. 우리는 그를 김 기사라고 부른다.

"김 기사 안돼 얼른 길가로 서."

"그거 봐 그게 오징어를 주먹으로 패댄 벌이라고! 그 조그만 거 때릴 때가 어디 있냐고, 앞으론 오징어하고 싸우지 마!"

한다. 또 옆 사람이 거든다.

"약이 오른 오징어가 뱃속으로 들어가서 너 좀 죽어봐라 하는 거야."

"빨판으로 뱃속을 긁어대고 아마 꼬리는 문밖까지 거의 기어 나와서 똥구멍을 간지럽히고 있겠지."

하! 하! 하! 하! 하며 약을 올린다.

"야! 어찌 그리 무식하냐! 점잖게 배출구라고 하면 교양이 있어 보이잖아! 똥구멍이 뭐야!"

"그냥 오징어님 다시는 안 그러겠다고 빌어 진심으로 빌면 배속에서 얌전히 있을 거야!"

또 한 사람이 거들며 약을 박박 올린다. 환장하겠다.

“안돼 아무 데서나 서, 나 죽을 지경이야.”

김 기사는 고속도로변에 차를 세웠다. 나는 한 손은 난간을 붙들고 다리를 꼭 붙이고 배출구를 한 손 손가락으로 틀어막고 고속도로 길옆 난간을 넘어가려니 두 손으로 난간을 잡아야 할 것 같다. 한 다리를 번쩍 들고 그 배출구를 막은 손을 빼 난간을 잡자 “아이쿠” 일이 터졌다. 조금이 아니라 뱃속에서 지랄하던 놈들이 팬티와 아주 진한 키스를 했다. 그놈들도 맑은 공기를 마시고 싶어 죽겠나 보다. 서로 빨리 나가려고 난리다. 난간을 넘고 앞을 보니 말라비틀어진 망초대가 많다. 급하니까 그냥 바지를 내리고 주저앉았는데 하필이면 망초대 마른 가지에 주저앉았다. 아이쿠! 망초대가 부러지면서 엉덩이 출구를 사정없이 찔러댔다. 풀이 아니라 꼬챙이다. 저게 눈깔이 달렸나 어찌 구멍을 안대? 아이고! 사람 환장하겠네. 볼일을 보니 속이 시원해 살 것만 같다. 이제 몸을 단장해야 하겠는데 주머니엔 손수건뿐이 없다. 할 수 없지, 그것으로 살짝 닦았는데 피가 묻어나온다. 출구가 벌에 쏘인 듯 아프다. 눈물이 찔끔 난다. ‘아니 내가 잘못한 게 뭐 있냐고. 갈치를 많이 잡아서 용왕님 화가 나게 한 것도 아니고. 오징어 그놈이 싸가지가 없는 놈이지. 어따대고 어른 얼굴에다 먹칠을 하느냐고!’

하여간 바지를 내리고 똥이 묻은 팬티를 벗어 내 분신의 작은 무덤에 올려놓고 흙을 손으로 파서 덮었다. 고양이가 볼일을 보고 나서는 그리하는 것을 보았기에 그런 일을 하는 것은 식은 죽

먹기였다. 차를 타고서 그놈의 망초대가 하필이면 점잖은 어른 출구를 쑤셔 피가 다 낫다고 하니 일행들이 깔깔대며 웃는다.

"뭐 좀 바를 약을 가지고 온 사람 없어?"

하니 한 사람이

"형님 여기 안티푸라민이 있어요. 이걸 바르면 상처도 금방 아물고 덧나지도 않는대요."

하며 통째로 준다. 그걸 바지를 내리고 바르려니 일어서기에는 자동차 천정이 얕다. 잔뜩 꾸부리고서 손가락에다 안티푸라민을 은행알만 하게 듬뿍 찍어서 엉덩이 출구 근처로 가는데 차가 덜컹하며 삐이익 한다. 다른 차가 위험 운전을 했는지 그것을 피하려다 브레이크를 밟는 바람에 나는 약을 온통 여기저기다 묻혔다. 아니? 금방 출구가 화끈거리는데 이거 참 죽을 맛이다. 왕텅이벌에 쏘인 것보다도 똥구멍이 더 아프다. 아니? 이게 또 웬일이여? 사타구니 밑에 알 두 개 봉창에다가도 안티푸라민을 듬뿍 발라놓았으니 거기에도 난리가 났다. "하" 이거 어디 가서 닦을 곳도 없고 정말 죽을 맛이다. 졸리던 잠이 삼십육계를 놓고 눈은 아주 쌩쌩해졌다.

그건 그렇다 치고 가만히 생각해보니 집에 가서 일이 또 걱정이다. 팬티가 없으니 마하님(마누라 하느님)께서 아니 고기 잡으러 간다고 하면서 어떤 여자를 끼고 자다 온 거 아냐? 하면 할 말이 없을 것 같다. 갈치를 몇 마리라도 잡았다면 그래도 이게 증거라며 갈치 상자라도 보여주면 될 터인데…….

고기는 한 마리도 못 잡고 빈 아이스박스만 달랑 들고 들어가야 하니 이걸 어쩐다! 거기에다 팬티까지 벗고 왔으니 참 닦달을 하면 며칠 동안 국물도 없을 것 같다. 에이 할 수 없다.

"이봐 갈치 잡은 것 다들 나한테 줘! 한 마리에 5천 원씩 줄게."

"뭔 돈을 받아 전부들 허탕 쳤는데 그냥 다 가져가"

그렇게 해서 집에 오기 전에 갈치를 내 아이스박스에 여덟 마리를 넣고는 "휴" 하고 한숨을 쉬었다. 아이스박스를 메고 낚싯대를 들고 집 계단을 오르는데 마하님이 CCTV를 보고서 내려와서 문을 따준다. 현관엘 들어서려는데

"엥? 옷이 그게 뭐야! 당장 현관 계단 밖에다 벗어 놓고 들어와요."

주황색 윗 점퍼가 오징어 먹물에 흠씬 젖은 것을 보고는

"그 옷 메이커 거야 옷을 그리 함부로 입으면 어떻게 해."

또 쳐다보더니

"아예 아래 바지까지 벗고 들어와요."

"아니 물속엔 서당도 없는데 오징어가 영어를 알까! 한국어를 알가! 체! 무슨 메이커면 오징어가 먹물을 안 쏜대?"

꿍시렁대며 멈칫거리자.

"얼른 벗고 들어와요!"

한다. '참 이거 지랄이 발발 났다.' 팬티가 없으니 이걸 어쩌냐고! 할 수 없지 뭐! 현관에 들어가기 전 계단 복도에서 옷을 홀

라당 벗고서 위 러닝셔츠를 아래로 잡아당기며 알 두 개를 흔들며 들어가니 마하님이 눈을 똥그랗게 뜨고 쳐다본다. 에이구! 모르겠다. 들켰구나! 목욕탕으로 들어가서 그 살을 쓰리게 한 안티푸라민부터 닦으려고 비누로 문대니 이거 또한 고문이다. 으 으 으. 하여간 우거지상을 하고 샤워를 하고는 밖으로 나왔다. 거울을 사타구니 아래에 놓고서 머릴 거꾸로 처박고 마데카솔을 바르고 고개를 들어보니 마하님이 기가 찬 얼굴로 날 쳐다본다. 아마 묘한 동물을 본 느낌이었을 것 같기도 하다.

뭐라 할 줄 알았는데 아무 소리도 없다. 그래서 2막은 끝났다. 그 이튿날 출근을 하고 사무실에서 앉아 있는데

"까 똑" 한다.

그래서 보니 마하님이시다.

"어디 좋은 여자 있으면 잘 사귀어봐. 전에 전화하던 여자지? 돈 많은 여자면 더 좋겠지? 내 걱정은 안 해도 돼 나도 돈은 있으니까."

이거 참 3막이 오르는구나! 뭐 죄지은 거야 오징어를 주먹으로 갈긴 것뿐이 없잖아! 그래도 답은 해줘야 밥이라도 얻어먹을 것 같다. 생각다 못해 답장을 보냈다.

"공원에 가서 자리 깔아 그러면 돈 좀 벌겠네!"

또 "까 똑" 한다.

"그냥 잘 사귀어봐 나하고는 살 만치 살았잖아!"

즉시 답장을 했다.

"아이고 내가 미쳤냐? 공원에 가서 자리 깔면 돈도 많이 벌어올 마누라를 두고 새 장갈 가게!"

하여간 얼버무려 쌩김치가 됐다. 저녁에 집엘 들어와서는 마하님 한테

"내가 그리도 좋아? 나 바람날까 봐 그러는 거지?"

하며 능청을 떨었다. 식탁을 보니 못 보던 반찬이 많다. 그야말로 진수성찬이다.

'에이 성질나! 이게 무슨 창피야! 이제 낚씬 안 간다.' 속으로 되뇌며 마하님 눈을 쳐다보니 '잘도 안 가겠다, 하는 것 같다.' 고개가 끄떡여졌다. 그렇게 3막이 끝났다.

며칠 동안 큰 게 나올 때마다 피가 섞여 나왔다. 아! 이 아픔은 성숙을 향하여 일 거야! 암! 그렇고말고! 이런 고통을 안 해본 사람은 이 아픔을 모르고 살은 게지! 화장실이 해우소가 된 뜻을 이제야 알겠다!

일주일 후 엉덩이 배출구는 거의 다 나았다. 이제 거울을 놓고 거꾸로 머릴 처박을 일은 없어졌다.

"닐니리야 닐니리야 니나노 얼씨구 좋다."

얼쑤.

스마트폰이 노래를 한다.

"여보세요?"

"형님 군산 왕등도에 요즈음 문어가 나온대요. 가실래요?"

"그려? 잘 잡힌대?"

"인터넷에 보니까 한 사람 앞에 열 마리씩은 잡았더라고요."

"그려? 씨알은 커?"

"거의 중짜리들이예요."

"그럼 예약해!"

딸각. 번개가 번쩍? 문어가 먹물을 쏴대면 오징어는 새발에 피일 것 같다.

"어이! 안돼! 난 취소야!"

소릴 지르고 보니 통화는 이미 끝난 상태이다.

一口二言은 二父之者라! 아이고! '똥구멍이 욕하겠다.'

2부

하늘의 마지막 열차

영어도 할 줄 모르는데 혼자 미국 여행이라니

아내가 유럽 여행을 떠나던 날

하늘의 마지막 열차

번데기

라면

외손자와 할아버지

엄마와 아기의 만남

그린벨트 훼손 유감

영어도 할 줄 모르는데 혼자 미국 여행이라니

태산이 높다 하되 하늘 아래 뫼이로다
오르고 또 오르면 못 오를 리 없건마는
사람이 제 아니 오르고
뫼만 높다 하더라

- 양사언(조선의 4대 명필)

그저 편안하다며 거기에 만족하는 사람은 발전이 없고 인생을 그저 무의미하게 살고 가는 사람이 아닌가도 싶다!

인생은 고해(苦海)라고 어느 철학자의 말이 아니더라도 삶만큼 어려운 것도 없다.

거기에 그 삶이 어려워도 더한 어려움을 몸으로 도전한다면 어떨까?

이런 생각을 가지게 된 것은 2014년이다. 소설이라고 써보니 내가 봐도 재료도 그렇고 쓴 글도 그렇고 말이 아니다 싶다. 장

편 소설 한 권을 쓴다는 것은 정말로 어려운 것이다. 일해보지도 않고 왜? 어려울 거다. 안된다. 이런 생각을 할까? 그것을 나 혼자 해결해 보자.

그러나 소설을 쓰려면은 자료가 있어야 할 게 아닌가! 그래서 첫째로 생각했던 것이 이집트 박물관 방문이었다. 이집트를 가려면 어떤 준비를 해야 할까?

많은 생각을 하고 정리를 했다. 비행기가 있으니 짚신 신고 걸어갈 일은 없을 테고 돈은 준비하면 되고 추울 때 입을 옷 한 벌 더울 때 입을 옷 한 벌 그것이면 되지 않을까? 배고프면 배낭여행자들처럼 거지도 되어보고 하면 소설을 쓸 재료가 되지 않을까?

전쟁터에서든 살아서 돌아와서든 죽을 고비도 여러 번 넘겼으니 뭐 그리 크게 상심할 것도 없다. 살 만큼 살았으니 죽어도 크게 아쉬운 것도 없다. 유언장이나 하나 써놓고 가면 될 게 아닌가?

이집트를 선택했던 것은 인류 최고의 박물관이 있는 곳이며 그곳은 바로 지구의 신비를 벗겨줄 또 소설을 쓰는데 영감을 얻을 보고가 아닌가 해서였다.

지인들이 이야기했다. 미국에 가도 박물관이 있고 거기에도 다 있을 터인데 왜? 요즈음 치안이 아주 좋지 않아 위험한 이집트를 가려 하느냐 만류한다. 그 말도 일리가 있는 말이다. 생각하다가는 그래! 그러자. 안전을 위해 미국으로 가보자. 패키지

여행은 미국 스미소니언박물관을 보는 여행은 있는데 박물관을 볼 시간은 딱 두 시간만 준단다. 아니 삼 일을 보아도 수박 겉 핥기라는데 두 시간이면 가나 마나이다. 그런 것을 지인에게 이야기하자. 미국에서 50년을 살다가 한국으로 온 지인은 여행사로 주민등록증을 가지고 나오라고 한다. 가보니 벌써 예약해놓고 주민등록 번호 쓸 자리만 남겨놓고 기다리고 있었다. 계약서를 다 쓰고 항공권까지 다 그 자리에서 나왔는데 지인은 나 혼자 다녀오라고 한다. 아니?

"저 혼자 어떻게 가요. 영어도 못 하는데……."

"미국도 우리나라와 똑같으니 걱정하지 말고 다녀와요."

왕복 비행기 값도 치른 상태이다. 나는 그 지인과 같이 미국을 가는 줄로만 알았었다.

미국으로 갈 날은 열흘 정도는 남았는데 걱정이 태산이다. 일단 스마트폰에 영어 번역 앱을 깔아놓고 연습을 하니 그런대로 될 것도 같다. 그래도 인천공항에서 절차를 밟는 거야 그리 어렵지 않겠지만, 워싱턴에 가서 입국 절차도 만만치 않아 보여 큰 걱정을 하고 있는데 지인이 나를 오라고 전화를 했다. 내가 떠나기 삼 일 전에 미국 버지니아로 출발할 사람이 있는데 그에게 부탁할 테니까 그가 가기 전이니 한번 만나 보란다. 그가 지금 있는 곳은 괴산이란다. 부랴부랴 괴산으로 가서 그분을 만나보니 그분 이야기는 자기는 미국서 사업을 하기에 무척 바쁘니 도와줄 것은 워싱턴 공항에 오면 전화를 하란다. 워싱턴은 호텔

숙박료가 버지니아보다 두 배는 비싸니 내가 오면 버지니아 호텔까지만 안내해 주고 그 이상은 더 도와줄 수가 없다고 한다. 참 영어로 통화도 못 하는데 큰 걱정이 된다. 그런데 지인은 나에게

"미국도 뭐 별다른 거 없어요, 버스도 타고 지하철도 타고 택시도 타고 하면 되는 거요 그거 어렵다고 생각하지 마세요."

그러나 저러나 벌써 항공사에 왕복 비행기 탑승 요금은 지급했으니 안 간다고 할 수도 없게 됐다. 할 수 없이 인천공항에서 비행기를 타고 12시간을 걸려 워싱턴 덜레스 공항에 도착했다. 입국 절차는 알려 줘서 하라는 대로 서류를 준비하고 서 있는데 내 차례가 와서 가보니 내 담당이 엄청 뚱뚱한 흑인 여성인데 아주 친절하게 웃으며 영어로 이야기를 하는데 알아들을 수가 없다. 얼른 스마트폰을 들이대고 그 뜻을 알아듣고는 그가 하라는 대로 하니 통과되었다. 1차 미국 여행에서 남 도움 없이 입국 절차를 밟은 것이다. 그리고는 가방을 찾아야 하는데 어디로 가야 할지를 모르니 당황할 수밖에 없었다. 사람들은 바쁜지 그냥 뛰다시피 걸어가니 말도 붙일 여유도 없다. 그래도 스마트폰을 가지고 쫓아가며 이야기를 하니 비행기 표를 보잔다. 보여주니 그 비행기 표에 가방이 나오는 출구 번호가 적혀있다. 그곳으로 가란다. 참 알아야 면장을 하지! 그 출구 번호를 보아가며 쫓아가서 드디어 가방이 나오는 곳에 가서 서 있었다. 한참 후에 내 가방이 나온다. 그래도 일단은 성공한 게 아닌가. 조금 후

의 일은 조금 후에 하면 될 것이다. 사람들이 나가는 출구를 쫓아가니 드디어 대합실이 나온다. 대합실에서 보니 사람들이 전부 피켓을 들고 사람을 기다리고 있었다. 나는 괴산에서 만났던 사람이 출구에서 기다릴 줄 알고 아무리 두리번거리며 찾아보아도 그 사람은 없다. 그가 알려준 전화번호로 전화를 해도 그는 전화를 안 받는다. 30분쯤 지나니 대합실에는 사람들이 거의 다 빠져나가고 몇 명밖에 없다. 참 지랄이 발발 났다. 어쩔 것이여! 참 어찌할 것인가 대책이 안 선다. 대합실 인포메이션으로 갔다. 그리고 안내인에게 스마트폰을 들이대고 호텔로 가려면 어떡하면 되느냐 물으니 전화를 하면 호텔에서 차를 가지고 온다고 한다. 호텔 비용을 물어보니 일일 300달러란다. 우리 돈 375.000원이다, 그만해도 다행이다. 괴산에서 만난 사람이 안 오면 그냥 비싸도 워싱턴 호텔에서 숙박하지, 하니 좀 안심이 된다. 그래도 혹시나 하고 괴산서 만났던 사람을 기다리다 보니 아니? 한글로 쓴 교차로가 대합실 구석에 진열된 게 보이는 게 아닌가? 죽은 어머니를 만난 것같이 반갑다. 얼른 들고 보니 별것이 다 쓰여 있다. 택시 안내, 호텔 숙소 안내, 여행사 안내 전부가 한글로 쓰여있다. 이제는 크게 걱정을 안 해도 될 것 같다. 스마트폰과 여권만 잘 챙기면 어려워도 혼자 다닐 수 있을 것 같다. 기다려도 오지 않는 사람은 더 기다려 봐도 안 오면 그만 아닌가! 대합실 밖으로 나갔다. 그런데 누가 막 뛰어오고 있다. 자세히 보니 괴산에서 만난 사람이다. 헐레벌떡 뛰어와서는 차가 밀려서 그랬단다. 왜 전화는 안 받았느냐고 하니 전화는 차 트렁크에 있었다고 한다. 참으로 애가 탄 생각을 하면 뭐라고 한 소리 해보고 싶었지만 그럴 수도 없는 게 아닌가! 그의 차를 타고 40분쯤을 가니 호텔이었다. 호텔이라고 가보니 3층 집이다. 그리고 그 부근은 전체가 나무숲이었다. 그가 여기서 며칠을 묵을 것인가를 이야기해서 일단은 일주일 숙박을 예약하니 일일 125달러라고 한다. 워싱턴 호텔에 반값도 안 된다. 비씨 카드로 결제를 했다. 그는 호텔 예약만 해 주고 바쁘다며 갔다. 알고 보니 워싱턴 덜래스 공항은 버지니아주에 있었다.

저녁때가 됐으니 밥은 먹어야 할 것이 아닌가? 호텔에서는 아침에 빵하고 커피만 준단다. 안 되겠다 싶어서 데스크에 가서 식당을 가려면 어찌해야 하느냐 물으니 차를 불러준단다. 그 차를 타고 가서 밥을 먹고 오면 된단다. 가는 것은 좋은 데 오는 것이 문제가 아닌가? 호텔 주소가 적힌 명함을 한 장 달래서는 주머니에 넣고 차를 기다렸다. 20여 분 있으니 차가 왔는데 운전기사가 딱 봐도 동양인이다. 말을 걸어보니 그는 한국말을 하는 게 아닌가! 알고 보니 호텔에서 한국 사람이 운전하는 차를 불렀던 것이다. 한국인이니 그가 반갑다. 식당을 가려니 그곳에서도 20분 거리이다.

식당을 향해 가면서 이런저런 이야기를 하니 그는 미국에 온 지 30년이 넘었고 퇴직하고서 그 택시를 사서 영업을 하는 중이며 오늘은 그만 벌고 그냥 간단다. 아니 나를 데려다줘야 할 것이니 내가 식사비는 제공할 테니 같이 먹자고 하였다. 식당은 세계의 식당들이 한곳에 다 모여 있다. 일식, 한식, 중식, 베트남식, 프랑스 식당 등, 그는 한국 식당으로 나를 데리고 갔다. 한국식 소고기 해장국이 싸고도 맛이 있단다. 그의 말대로 소고기국밥에 고기가 밥보다도 더 많아 양껏 먹었어도 반도 못 먹고 기권했다. 밥을 먹으면서 나는 스미소니온박물관에 사진을 찍으러 왔다고 하며 택시 일일 전세 비용을 물어보니 하루에 300달러라고 한다. 그에 전화번호를 받아서 식사 후에 다시 호텔로 왔다. 왕복 택시비가 구간별로 계산을 하니 엄청 비싸다.

그 이튿날 시간이 전연 없다고 하던 괴산서 만난 사람이 전화를 했다. 택시를 하루 전세를 내는데 100달러면 된단다. ??? 어라 어제 나와 식사한 사람은 300달러라고 했는데? 얼씨구나 하고 그가 오라는 커피숖으로 찾아갔다. 가보니 그는 여기저기로 전화질만 하고 있다. 시간은 자꾸 가는데……. 나는 초조해지기 시작했다. 점심때가 되어서 택시 한 대가 왔는데 그가 300달러를 달란다. 안 그러면 어제 만난 사람을 불렀으면 아침 일찍이 가서 보았다면 더 많은 곳을 볼 수가 있었을 것 아닌가! 그러나 이제는 더 지체할 수가 없다. 그냥 300달러를 드릴 테니 박물관을 가자고 하였다. 차가 도로에서 밀려 한 시간 이상이 걸렸다. 내가 구경을 하며 사진을 찍는 동안에는 그는 주차할 곳이 없어서 내가 다시 부를 때까지 그냥 시내를 돌아다닌다고 한다. 참으로 이상하다는 생각이 들었다. 박물관에 들어가는 것도 비행기 탑승 절차처럼 짐 검사, 여권 검사 그리고 레이저 검사까지 마치고서야 들어가는데 나는 다리 인공관절 수술을 했기에 연신 걸려 그들과 한참 이야기를 하고서야 들어갈 수가 있었다. 호텔에서는 한국어 방송도 나온다고 했는데 그 호텔에는 없고 CNN 방송을 스마트폰으로 보면 대충 내용은 다 알 수가 있었다. 그날 프랑스 새 대통령인 마크롱이 백악관을 온다고 한다. 하루를 지나니 이제는 혼자 다녀도 미국이 겁나는 게 없었다. 워싱턴에서 한국 식당에 가니

"몇 분이세요"

"혼자인데요?"

식당 종업원은 나를 요리조리 쳐다보더니

"이곳은 한국에 단체 손님만 오는 곳인데요?"

"그러면 나는 여기서 식사를 할 수 없다는 뜻입니까?"

"아닙니다. 혼자 식사하러 오는 사람은 한 번도 못 보았으니까요. 지금 나이가 어떻게 되세요?"

"75세입니다."

"네에? 아니 그 나이에 혼자 여기를 오셨다는 이야기입니까?"

"둘이 올 수 없으니 혼자 온 것이지요."

하자, 그는 할 말을 잊은 듯 웃고 만다.

"빵과 햄버거만 사뭇 먹다시피 했으니 속이 니글거립니다. 저 메뉴판대로 청국장 되지요?"

"네 기다리세요."

청국장이라고 나온 걸 보니 청국장은 웬 청국장에 그리 고기가 많은지 햄버거 반만큼은 고기가 들어 있다. 그래도 맛은 있었다.

그렇게 삼 일을 구경하고는 호텔에서 자려고 하다 CNN TV를 보아도 별것이 아니다. 심심해서 막내 매제에게 전화하니 그는 유럽에 있었다. 목사인 매제는 거기가 어디인데 어떻게 혼자 미국을 다닐 생각을 했느냐며 참 겁도 없다고 말을 했다. 목사 매제와 통화 중에 그 사위와 딸이 워싱턴에 있단다. 그러더니 카톡으로 네 명을 연결하여 카톡을 하게 됐다. 조카사위도 미국 워싱턴의 한국교회 목사였다. 호텔서 묵지 말고 방도 있으니 자기 집으로 오란다. 나는 괜히 폐를 끼치는 것 같아서 사양했더니 목사인 조카사위는 주소를 묻고는 차를 가지고 호텔로 달려왔다. 그렇게 하여 여행은 편하게 됐다. 박물관을 닷새에 걸쳐 다니면서 찍은 많은 사진 중 700여 장 정도는 쓸 수가 있을 것 같았다. 그러고 보니 귀국 비행기 날짜가 나흘 정도 남았다. 그 시간이 아깝다. 목사 사위와 여행사를 가보니 캐나다로 가는 여행 일정이 있는데 그곳을 가면 귀국 비행기 시간과 안 맞는다. 여행사와 상의 끝에 비행기 표를 연기하고 뉴욕과 나이아가라 폭포를 구경하려 사박 오일 일정으로 떠났다.

엄두도 안 나 그렇게도 애를 태웠던 것이 그렇게 간단히 끝났다. 귀국 후에 생각해보니 범죄 소굴이라 경찰들도 들어가기가 쉽지 않다는 워싱턴에 할렘가도 가보았으니 정말 나는 겁도 없는 놈이었다.

사람은 머리가 있다. 입이 있다. 다리가 있다. 두 손이 있다. 이는 무엇을 말함인가? 도전해 보지도 않고 미리 안이함을 택하고 결정해 버리는 그런 사람은 아마 도전이라는 어휘는 생각하지 않나 보다. 그런 생각이 든다.

아내가 유럽 여행을 떠나던 날

한 달 전 예약했던 아내가 2018년 9월 4일 유럽 여행을 가는 날이다. 인천공항 가는 버스가 오전 6시 30분에 출발한다. 여행은 자주 같이 다녔지만, 이번은 아내 혼자 가는 것이고 장거리 여행이니 신경이 쓰였다. 15일 패키지여행이라 청주에서 버스를 타고 인천공항으로 직접 가는 것이고 가이드가 따라간다.

내가 여행을 떠나는 날보다 더 부산스레 혹시나 늦잠을 자서 버스 시간을 못 맞출까 봐 자명종 시계를 오전 5시에 맞추고 또 스마트폰도 알람을 오전 5시에 맞추고 전날 오후 10시도 안 되어서 거실에서 잠을 청하였다. 얼씨구! 아니 일어나보니 새벽 1시여! 도로 드러누울 수는 없고 또 뭐가 빠진 게 없나 곰곰이 생각했다.

여행 중 필요한 것. 여권 복사. 약. 그 나라 기후에 맞는 옷 등을 가방에 챙겨주고도 아이가 강가를 나가는 것만 같다. 혹시나 해서 스마트폰을 가지고 전화하는 법도 가르쳐 주고. 가는 곳 그 나라 사람들과의 대화에 지장이 없게 스마트폰에 번역기를 입력해서 주었어도 안심이 안 된다.

아니! 남편들은 다 떼어놓고들 여자들끼리만 가는데 남편이라는 자들은 다 돌려난 것 같은데 무슨 정이 그리 다독다독 준비를 해 주고 싶을까?

사실 따지고 보면 인연이 되어서 결혼을 하고서 나이가 들으니 아내는 나를 남의 편이라고 부른지가 꽤 오래된 것 같다.

언젠가부터 내가 쓰는 방은 있어도 거실에서 자는 것이 습관이 된 지 오래다.

나는 오래전부터 아침 식사 당번이다. 6시 반에 기상하면 건강을 위하여 아침은 당근, 사과, 토마토, 아사히 베리 등은 휴롬으로 주스를 만들고 다시 생강, 부추, 꿀 등을 넣어서 대형 믹서기에 갈아서는 식구들에게 한 컵씩 분배한다. 그리고 달걀 삶은 것 하나씩, 그것이 우리 집 아침이다. 초등학교에 다니는 손주들도 주스 한잔 달걀 익힌 것 한 개 그리 먹게 하고서 내가 학교에 데려다 준다.

식구와 하루 중 밥을 먹는 시간은 아마 저녁 한 끼일 텐데 그것도 밖에서 먹고 오면 삼식이가 아니라 무식이가 되기도 한다. 나이 먹은 삼식이는 쫓겨난다는데 나는 일식이이니 쫓겨날 일은 없을 것 같다. 생각해보면 옛날에 나는 완전 독재자로서 집에서는 왕이로소이다. 였다.

젠장 나 같은 남편 있으면 나와 보라고 해! 하고도 싶은 날이 있기도 했었다. 나와 같이 고생하면서 살아준 것이 고마워서 나는 집일은 될 수 있으면 내가 다 한다. 집 안 청소야 안 하지만 밖에 청소, 옥상 채소 재배, 계단 청소, 출입구 청소 집안 곳곳이 내가 할 일이 너무나 많다. 그리하면서도 사무실로 출근한다. 사무실에 가서야 글 쓰는 게 다이지만 제비가 세끼 밥 주러 오듯 그래도 집을 떠났다가 돌아오는 기쁨도 있다. 문안에 들어서면 귀여운 손주 녀석들이

"할아버지 다녀오셨어요?"

"그래 학교 갔다가 학원 다 들려서 왔어?"

무슨 큰일이나 하고 온 것처럼 거드름을 피우면서 가방을 방에다 놓고 옷을 벗는다.

큰일은 무슨 실업자가 돈 벌러 간다고 인력 시장에 갔다가 일자리를 못 찾아 집에서 싸간 도시락만 홀짝 먹고 온 것과 같은데……. 속으론 웃음이 나온다.

사실 따지고 보면 아내가 된 사람은 나를 혼자 몰래 사랑한 것 같기도 하다. 고놈 정00이라는 자는 다른 여자들과 몰려다니니 가슴앓이 앓듯 하다가 내가 자기네 집에서 하루 저녁을 자고 오자. 용기가 백배 되어서 아버지 어머니에게 나와 결혼하게 해 달라고 사정하였나 보다. 그렇지 않고서야 장인어른이 우리 집엘 직접 찾아와서 아버지와 결혼 담판을 할 일은 없었을 듯하다.

아내는 당시 공무원이었다. 착실했다. 결혼하고서는 월급 탄 것도 몽땅 갖다가 나에게 맡기고는 필요한 것만 달래서 썼다.

돈에는 별로 큰 관심이 없어 보였다. 그리하다가 30여 년의 직장을 1996년 희망퇴직을 하고 퇴직금 2억여 원도 나에게 맡기고서는 필요한 돈만 달란다. 우리 부부는 그리 살았다. 모든 것을 내가 주도하는 주인이 된 것이다. 그러니까 나는 왕이로소이다. 였다. 그래서 보답으로 나는 아내에게 선물을 준비했다.

아무리 부부간이래도 돈을 달래서 쓰는 쪽은 좀 어려울 게 아닌가 생각이 든다. 그래서 나에게 돈을 달라고 말하지 않아도 쓸 만큼을 해 주었다. 집을 지어서 월세 나오는 것을 혼자 다 쓰라고 하였다. 그러니 아내는 나에게 돈 달랄 일은 없어졌다. 나는 나대로 편하고, 누구같이 아내 몰래 비상금을 감추는 등 그런 일은 나에게는 없었다. 내가 쓰고 싶으면 항시 썼다. 골프를 다니든 바다낚시를 다니든 식구는 잔소리를 안 했다. 어려운 시절을 같이 넘긴 조강지처가 아니었든가? 그런데 이제 칠순이 넘어가니 새로운 세상이 오는 걸 느끼기 시작했다. 남편이 아닌 진짜 남의 편이 된 것이다.

"나 여행 갈 거야!"

이건 허락을 요구하는 게 아니라 판사의 판결문이다.

"아니! 미국 갔다 온 지도 얼마 안 됐는데?"

"이번 가는 곳은 코스가 달라."

내가 허락을 안 한다고 안 갈 사람이 아니지!

"그래? 가고 싶으면 가는거지 뭐."

골 가지 빠진 우거지상은 아니래도 항복문서에 서명한 셈이다. 그래도 혹시 여보든 당신이든 "같이 갔으면 좋을 텐데" 이런 소리를 기대했었다.

얼굴을 빤히 쳐다보니 그 소리는 꿩새 울은 표정이고, 참 여드레 삶은 호박에 도래송곳도 안 들어갈 소리였다. 언젠가부터 우리나라는 여필종부가 아니라, 남필종부가 된 게 피부로 느껴진다.

양심상 얘기해본다면 부부가 같이 살면서 아내 속 썩인 사람 손들어 보라면 내가 1등으로 손을 들고 양심선언을 할 것 같다.

고급 식당에 가보면 여자가 90% 남자는 10%도 안 되는 게 눈에 보인다.

에이! 아내도 없고 어디로 바람을 쐬러 가볼까? 집은 어떡하고? 이 분수야! 강아지가 되어 집을 지켜야지! 그려! 집을 도둑놈이 훔쳐 가면 안 되지!

헤헤. 헤. 집을 지키려면 먹을 것은 먹고 지켜야 할 것 아닌가! 혼자 술 마셔 본 적은 별로 없으니 친구들을 불러야지.

"우리 집 마하님 없어. 걱정은 붙들어 매고 코가 비틀어져도 괜찮아."

"삼겹살 세 근만 주세요. 소주도 세 병 하고요."

늴리리 아! 늴리리, 늴리리 맘보,

하늘의 마지막 열차

벤처스 악단의 대 히트곡 중에 "하늘의 마지막 열차"라는 음악이 있다.

애달픈 음조를 띈 퍼스트 기타가 앞을 서서 온몸을 불사르고 세컨드 기타가 반주를 넣고 베이스 기타가 화음을 잡는 곡. 기타가 가진 묘한 음률을 마음껏 자랑하다가는 뒤를 이어 장엄한 소리도 내다가 시끄러운 소리도 낸다. 기타에서 둥둥둥둥 북소리가 나며 사람을 긴장시킨다. 기타가 가진 모든 소리를 한 곡에 들려줄 수 있는 곡. 거기에 드럼이 달라붙어 곡을 매만진다. "하늘의 마지막 열차" 지구와 하직을 한다는 뜻의 그 음악은 제목 값을 톡톡히 하고 있다고 본다.

내가 월남전에 파견되어 군예대에 있었을시, 작전을 끝내고 2박 3일 정도의 짧은 휴가 기간에 휴양소에 입소한 장병들에게 가장 많이 연주했던 곡 중에 하나다. 장병들 앞에서 이 곡을 연주하는 단원들은 숙연해지기도 하다가 신나게 악기와 함께 흔들어 대기도 했다.

그런데 이 음악을 듣는 대다수 사람의 얼굴에 표정이 아주 흥겹고 재미있는 반가운 표정을 읽지는 못했다. 그들 대다수는 다음 작전에 나가서는 내가 살아올 것인가? 그런 상념에 잡혀 흥이 날 리가 없는 것 같다. 그저 가만히 앉아서 캔맥주를 마시며 듣기만 한다.

단원들이 그들과 함께 숙연해지면 단번에 그 음악은 서글픔으로 변한다.

악기는 연주하는 자의 마음을 그리 따라가기도 한다.

그래도 열심히 연주하며 흥을 돋우려 애써 보지만 장병들에 눈에 아롱거리는 사느냐 죽느냐의 생각을 뚫기에는 역부족이었던 것 같다.

그들의 휴양소로 휴가 오기 전의 작전 분위기가 연주 홀을 감싸 안는다. 그들이 작전 중 만약 사망자가 나왔다면 그 분위기를 알만도 하지 않는가? 악단원들도 그 분위기에 동승한다.

그래도 열심히 연주하며 흥을 돋우려 애써 보지만 장병들의 눈에 아롱거리는 사느냐 죽느냐의 생각을 뚫기에는 역부족이었던 것 같다. 고향의 부모님 또는 형제들 생각을 잠시라도 잊어버리기에는 캔맥주 하나가 그들에게는 더 위안이 될 것만 같다는 느낌이 많이 들었다.

집에서 오디오를 틀다가 무심코 이 음악이 나왔다면 신이 나다가 어찌 지하 함정 계단으로 떨어지는 묘한 느낌을, 또는 하늘 계단을 오르는듯한 몸이 붕 뜨는 느낌도 받는다 "하늘의 마지막 열차"라지 않는가?

이 음악의 제목을 알고 듣느냐, 모르고 듣느냐에 따라, 또는 기분에 따라 이 음악은 달리 들린다.

기분이 좋은 날, 눈을 감고 이 음악에 빠져 들으면 흥에 겹고 엉덩이도 들썩일 수 있는 마력도 있지만, 그래도 "하늘에 마지막 열차"라는 주제의 슬픔이 음악 속에서 꿈틀거린다.

눈이 조용히 내리는 날은 마음을 가라앉혀 주고, 눈보라가 치는 날이면 이 음악은 누구든 그냥 꺼버릴 것 같다.

비가 오는 날은 어딘가 가고 싶게도 쓸쓸함이 느껴질 것이며 마음이 울적 한날에 이 음악은 술 한잔이 생각이 나며 엉덩이를 들어 올려 소줏집으로 달려가 독한 소주를 입에 머금으면, 하늘에 마지막 열차를 탄 느낌이 들 것 같다.

싫든 좋든 내 발걸음은 그 마지막 열차를 타기 위하여 한발 한발 가고 있다.

하늘의 마지막 열차를 타고서는 제일 먼저 무엇이 생각이 날까? 같이 가는 동료들과 시시덕거리며 갈 일도 없을 것 같고. 내가 아는 모든 이와 이제 영원히 헤어진다니……!

슬픔이 가슴속을 강물처럼 흐르며, 살다가 살다가 못다 한 일은 가슴을 짓누를 것 같다.

그저 뒤를 돌아보며 멀어지는 지구를 향해 손 한 번 흔들어주고. 아름다운 지구에서 잘살다 가노라고 꾸벅 인사 한번 하면, "하늘의 마지막 열차"는 기적소리로 떠난다는 것을 지구에 알릴 것 같다.

번데기

어렸을 적 나에게 간식이라는 단어는 없었다. 제일 먹고 싶었던 것은 제사 음식이었다. 제사는 정확히 자시(12시)가 돼야 지낸다. 제사를 지낸 후 조기 살 한 점이 나에게 올 리도 없지마는 하얀 쌀밥에 조기를 찌면 나오는 짠 국물, 하얀 쌀밥을 한 숟가락 떠서 입에 넣고는 조기를 삶았던 그릇에 있는 노란 그 국물을 숟가락으로 찍어서 먹는 맛이란 참으로 일미였다.

매일 먹는 보리밥에 통감자를 넣은 밥그릇은 감자만 빼먹으면 보리밥도 얼마 없다. 반찬 이래야 된장국에 묵은 김치 또는 먹은 총각김치를 넣어서 끓인 게 다였지만 그것도 모자라 저녁엔 죽을 끓여 먹기도 했다.

생각해보니 내가 다섯 살 여섯 살 때인 것 같다.

증조할아버지 제삿날. 세 백부님이 오시고 사촌들도 제사를 지내기 위해 다 한집에 모여 시끌시끌하다. 음력 동짓달(11월)이라 초저녁 오후 6시경부터 자정까지 어린애들이 제삿밥을 얻어먹기 위해 자시까지 기다린다는 것은 참으로 힘들은 일이다. 밖에서 온종일 자치기나 굴렁쇠 돌리기 등을 하고 나면 피곤하여 7시만 되면 졸음이 쏟아지며 10시가 되기 전에 거의 졸다가 잠이 들고 만다. 작년에도 잠이 들어 그 좋은 기회를 놓친 터라 오늘은 꼭 그 하얀 쌀밥을 먹겠다고 단단히 마음을 먹고는 쏟아지는 잠을 쫓았다. 그 추운 날 밤 밖에서 덜덜 떨면서 잠을 쫓다가 입은 옷이 얇으니 참는 것도 한도가 있지, 추위를 못 참고 방으로 들어왔다.

방으로 들어와서 사촌 형님들 틈에 앉아서는 안 자려고 버티는데 졸음이 쏟아진다. 어머니한테 꼭 깨워 달라고 하고는 그만 또 잠이 깊이들이었다. 일어나보니 사촌 형님들이 다 잠을 자고 있다. 눈을 뜬 시간은 아침이었다. 제사상은 다 치웠고 사람들도 다 가고 없다.

또 허탕을 쳤다. 이제는 명절 제사만을 고대해야 한다.

왜 안 깨웠느냐고 어머니에게 항의성 이야기를 해도 어머니도 속수무책이다. 4형제에 막내며느리이니 음식을 어찌 남길 수도 없다. 남자 사촌만 해도 9명 여자까지 합치면 21명의 대식구이다. 당시엔 이웃도 제사에 참여하니, 제사 음식이 아침까지 갈만한 양이 아니다.

돈 주지 않고 먹을 수 있는 것은 봄이면 뽕나무에 가지를 잡아 당겨 오디를 따먹고 작은 동산에 올라가면 산딸기도 많다. 그리고 빽빽이 풀을 잡아당겨 밑동을 씹으면 달착지근하여 그것도 먹을 만하다.

"너 저의 아저씨네 밭에 가서 오디 따 먹었지?"

"아니!"

아무것도 안 먹은 척 입을 손으로 싹싹 닦았는데 집에 오니 어머니는 내가 무엇을 하고 왔는지를 단번에 안다. 참 도사만 같다.

그런데 동리엘 나가 돌아다니다 보니 뭔 냄새가 아주 좋다. 어느 집에서 나는 냄새인가 돌아다니다 보니 한집에서 마당에 큰솥을 걸고 불을 때고 있는데 뭘 돌리고 있다. 가만히 보니 뽕나무로 기른 누에고치를 솥에 넣고 끓이면서 실을 빼는데 그 기계가 물레란다. 하여간 뭣을 하는지 아주 궁금하다. 시간이 갈수록 냄새는 더 좋다.

옆에서 섰다 앉기를 반복하며 그게 무언지를 알려고 몇 시간을 기다렸는데, 무슨 노란 게 보이기도 하고 안 보이기도 한다. 그러다가는 다 됐다더니 뜰채로 남은 노란 것을 건져서 맛을 보더니 맛있다면서 나에게도 후후 불어서 한 줌을 쥐여준다. 이게 뭔가? 그것은 난생처음 먹어보는 번데기였다. 아! 먹어보니 그 조기 국물보다도 더 맛있는 것 같다.

혀까지 싹싹 빨아 먹고서는 더 먹고 싶어도 더 달라 소리는 못하고 집으로 가다가는 작은 돌을 그냥 냅다 찼다. 시! 우리 집은 왜 저런 게 없는 거야!

그러다가 일곱 살이 되어서 초등학교에 입학했는데 그 맛있는 걸 주머니에 넣고 와서 먹는 애가 있질 않은가? 침이 그저 사정없이 나온다. 침 넘어가는 소리가 귀에도 들린다. 달란다고 줄 친구도 아니지만, 냄새만 맡아도 참 좋아서 괜히 그 애에게 볼일도 없으면서 그 애 곁으로 가서 냄새만 맡았다.

그런데 더 큰 사건이 일어났다. 지금은 청주시라도 내가 살던 곳은 청원군 사주면 강서였는데 청주 시내로 이사를 오고 학교를 초등학교 1학년 2학기에 번데기 공장(남한 제사)이 있는 청주 서원구 사직동 한벌초등학교로 전학을 오게 됐다. 학교를 끝내고 집을 향해 가는데 수증기가 피어오르면서 참으로 죽여주는 냄새가 난다. 번데기 공장 번데기 삶는 냄새였다.

그 공장 앞에 사는 애가 그리 부러웠다.

그 애는 자주 번데기를 신문지에 싸서 가지고 와서 먹는다.

아침에 등교하자마자,

"야! 나하고 놀자."

"응?"

"이따가 학교 끝나고 구슬치기하자."

"나, 구슬 없는데."

"그거 걱정하지 마."

"내가 있으니까 그냥 같이 놀자."

그래서 미국에서 우리나라에 구호품 속에 들어 있던 미국 유리알 구슬을 두 개 얻은 게 있어 그것을 가지고 놀다가 본론이 시작됐다.

"너 어디서 번데기가 나니?"

"응? 그거 돈 주고 사는 거야. 이틀에 한 번씩 번데기 공장에서 팔아 그러면 돈 주고 사는 거야!"

"그래?"

돈 없는 집에 와서 어머니에게 그걸 사달라고 해 봤자다. 정말로 먹고 싶은 번데기였다.

선생님이 아이들을 하나씩 일으켜 세우며 너는 커서 장래 무엇이 될래.

내 차례가 되었다.

"정0 0!"

"네!"

"너는 커서 무엇이 될래!"

"저는 번데기 공장 사장님이 되겠습니다."

라면

어쩌다 끼니를 때우는 음식 중 1순위는 라면이다. 그것은 삼식이라고 투덜대는 마하님(마누라 하느님) 잔소리도 피할 수 있는 유일한 한 끼 식사이다.

언젠가부터 우리나라는 하루에 밥 먹는 횟수에 따라서 일식이 이식이 삼식이라는 묘한 말이 태어났다.

그런데 어느 날 삼식이라는 내가 술 한잔 걸치다 보니 좀 늦었다. 집에 와서 보니 마하님이 코를 골며 자고 있다. 늦게 온 것도 미안하니 깨울 수가 없다. 눈치 없는 뱃속은 라면이라도 끓여달라고 귓속말로 나를 꾄다. 할 수 없이 라면으로 간단히 저녁을 때울 준비를 했다.

라면을 끓일 때면 생각 나는 군대 생활.

졸병인 내가 선임자가 시켜 라면을 끓일 때는 차려자세로 라면 냄비 앞에서 보초를 서야 했다. 물이 너무 적어도 얻어터지고, 너무 익어도 얻어터지고, 물이 적다고 얻어터지고. 그러니 연신 뚜껑을 열어보며 마음을 졸였던 기억이 되살아난다. 참 지난날을 까맣게 잊고는 집에서 내가 먹으려고 끓이는 라면은 죽이 되든 밥이 되든 될 대로 되라 하며 끓여 먹는다.

군대가 아니기를 참 다행이지만 그래도 냄비에다 물을 넣고 물이 펄펄 끓을 때까지 옆에서 차려자세로 보초를 섰다.

펄펄 끓는 물에 라면을 4등분을 해서 넣고 기다리는데…….

생뚱맞게 또 군대 생활이 생각이 난다. 군대에서 저녁을 먹고 나면 우선 보아야 할 게 불침번 순서이다. 온종일 피곤하기에 내 뒤에 불침번이 누구냐가 중요하기 때문이다. 불침번 순서는 선임 하사가 작성한다. 그것은 중대장 사인까지 받은 불침번 순서이니 내무반 칠판에 딱 붙어있다. 나보다 선임자가 내 뒤 불침번이면 그는 아예 일어나 교대해줄 생각을 안 하는 게 다반사이다. 만약 말로

"김 상병님 교대 시간입니다."

하면. 그는

"알았어."

하면 그만이다. 교대 시간이 반도 더 지나가면 김 상병 몫이 반이나 지난 것이다. 나는 졸리고 피곤해 죽겠다. 할 수 없이 더 크게

"김 상병님 교대 시간입니다."

하면

"이 새끼가~나~ 귀~안 먹었어! 인마."

그러고도 그는 안 일어난다. 그러면 참 피곤하고 졸리지만, 그에 몫까지 불침번을 서면 밤에 잠자는 시간은 두어 시간뿐이 안 된다. 미칠 노릇이다. 어느 날 한 번은 할 수 없이 얻어터질 각오를 하고 몸통을 흔들며 깨웠다.

"김 상병님 교대 시간입니다."

그랬다.

"이 자식이 알았어. 너 있다가 보자."

보나 마나 저녁 점호가 끝나면

"밖으로 나와"

할 것이다. 나가면 불침번 이야기가 아니라, 말도 안 되는 엉뚱한 트집을 잡아서 엉덩이에 몽둥이찜질을 할 판이다.

"너 내 군화 닦아 놓으라 했는데 왜 안 닦았어."

참 환장할 노릇이다. 내 군화보다도 더 잘 닦아 놓았는데 트집을 잡는 것이다. 엉덩이에 불이 날 것이다. 작으면 세 대 많으면 다섯 대를 얻어맞는다. 거기에 다른 말대꾸를 하면 한 대라도 더 맞으니 그저 처분만 바랄 때가 많았다. 그 이튿날도 역시 김 상병이 내 뒷붙임 번이다. 졸리기는 할 텐데 참 죽겠다 싶다. 어차피 그는 나를 점호 끝나면 매일 패다시피 하는 선임자니 아무래도 다른 수를 써야지! 하며 묘안을 짜냈다. 맞아 죽을 셈 치고

"김 상병님, 라면 끓여 놨습니다."

그러자 그는

"응"

하고는 눈을 비비며 벌떡 일어났다. 그가 일어나자

"불침번 교대 시간입니다."

"뭐야? 라면 먹으라며."

소리를 꽥 지른다.

"불침번 스며, 라면 끓여 드시라고 깨웠습니다."

"뭐야. 이 새끼"

그는 일어나자마자 샤다구를 한 대 갈겼다.

"너 이따가 저녁에 보자"

그러거나 말거나 졸려 죽겠으니 나는 그냥 침상에 쓰러져 잤다. 그날 저녁 점호가 끝난 다음

"너 밖으로 나와."

당시 처음 나온 삼양 라면은 아주 귀한 간식이기에 그것을 빌미로 졸병을 잡을 수가 없으니까. 다른 것으로 트집을 잡는다.

"야! 짜식아 불침번을 깨우는 건 좋아. 그런데 왜 머리를 흔들어 깨우느냐고 인마. 너 머리가 얼마나 중요한지는 알지? 짜식아 네가 내 머릴 흔드는 바람에 내 머릿속이 흐트러졌어. 네가 책임져."

젠장! 아무리 그래도 그렇지! 머리를 흔들면 머릿속 뇌가 흐트러진다고?

그럴 줄 알았지! 나도 생각 한 게 있었다. 라면 그것은 아무 때나 먹을 수 있는 음식이 아니다. 비싸기도 하지만 군대에서는

최고의 간식이다. 라면 이야기를 하면 누구나 눈이 번쩍 뜨일 때이니 그걸 이야기하면 선임은 일어난다는 것을 알기에 그런 술수를 쓴 것이다. 라면이 딱하나 남았는데 참 아깝지만

"저기 김 상병님 라면은 지금 끓여 드릴게요, 자다가 라면 먹으면 소화가 안 될까 봐요"

그러자 그는 주먹을 들었다가는 놓고 금방 얼굴이 바뀐다.

"빨리 끓여 와."

군대에서 라면은 그렇게도 써먹을 수 있는 음식이었다.

군대 생활 중 내 뒤에 불침번 선임을 깨우느니 차라리 그냥 내가 날밤을 새워 불침번을 서는 게 나은 적이 한두 번이 아니었다. 그러니 라면의 위력은 그리 대단했다.

라면을 끓이며 왜 이 생각이 날까? 마하님에게 끓여 달라면 되잖아? 마하님은 지금 자고 있으니 군대 선임 생각이 난 것이다. 그랬다! 오래 살다가 보니 졸병 같은 마누라는 시간이 가자, 마하님이 되어 군대 선임과도 같은 사람이 됐다. 맞아! 마하님은 주방에서 나보다는 선임이지! 군대 제대하고 50년이 넘어 이제야 두들겨 맞아 생긴 엉덩이 굳은살이 거의 다 빠져 가는데 얻어맞지 않은 것만 해도 다행으로 알아야 한다.

라면을 끓여 먹으며 눈시울이 붉어지면 우스운 사람이 될까 봐! 고춧가루를 크게 한 숟갈 푹 퍼서 넣어 먹으면서

"아이고! 매워."

호호 불면서 쿨쿨 자는 마하님을 한 번 더 쳐다보았다.

외손자와 할아버지

"할아버지! 희망이 뭐야?"

"희망이란. 그러니까. 내가 꼭 하고 싶은 일이라든지, 바라는 것을 희망이라고 하지."

"할아버지 희망은 뭐야?"

"할아버지 지금의 희망은 너희들이 얼른 커서 잘 사는 것을 보는 것이란다."

"학교 선생님이 그러시는데 너는 커서 무엇이 될 거냐 하고 물으시던데."

"그래서 뭐라고 했어?"

"그냥 모른다고 했어."

"다른 애들은 뭐라고 해?"

"뭐 대통령이 된다는 애도 있고 뭐. 여러 가지야."

"그럼 너도 대통령이 될 거라고 하지."

"히히"

"그럼 할아버지 초등학교 때 희망이 뭐였어?"

"응? 할아버지는 문방구점 하는 것."

"그래서 해봤어?"

"아니 서점을 했지."

"왜? 할아버지도 대통령 한번 해보지."

"응?"

참. 손주한테 한방 멋있게 먹었다.

셋째 딸이 가까이에 사니 손주들이 집엘 자주 오는 편이다. 외손주가 여섯 명이나 되는데 그중에서도 그 애가 셋째다.

손주들과 이야기를 하다 보면 참 재미도 있다. 아이로서는 곤란하고 어려운 질문을 해보면 기상천외한 대답이 나올 때도 있다.

그 애는 친할아버지와 외할아버지를 딱 구분하고 친할아버지가 좋다고 한다. 맛있는 과자를 사다 앞에다 놓으니 얼른 손으로 집어 가려고 한다.

"안돼. 할아버지가 이야기하는 거 듣고 대답을 잘하면 줄게."

"할아버지가 좋아? 외할아버지가 좋아?"

하니 눈치를 슬슬 보면서

"외할아버지가 더 좋아!"

그러? 한번 넘겨 집어봤다.

"너 할아버지 집에 가서는 친할아버지가 좋다고 했다던데? 말해 봐 거짓말 안 하면 할아버지가 이거 맛있는 거 다 줄게."

눈을 살살 돌린다. 입을 꿰매고는 마룻바닥을 손가락으로 글씨 연습을 하는 척한다. 과자는 먹고 싶은데 외할아버지가 내 속을 아는 것만 같으니 꼬랑지를 내린 것이다.

손자들은 그저 매일 봐도 귀엽다. 자식이 그리 귀여웠을까? 자식 키울 때는 그리 귀여운지는 생각이 안 난다. 그저 잘못하면 윽박지르고 벌도 주고 했는데 손주는 그저 마냥 귀엽기만 하다. 그 외손주가 초등학교 1학년 때이다.

내 차에 내비게이션을 달았다. 그 외손주를 차에 태우고는 태우고서

"이게 뭔지 알아?"

"응. 나비."

"이건 나비가 아니고 내비게이션이라고 하는 거야. 어떤 곳을 찾아갈 때 길을 모르면 그곳엘 못가잖아 그래서 이게 필요한 거야. 이건 비싸서 너희 아빠 차에 못 달아. 너희 아빠는 차에 이런 거 없지?"

하며 어떤 말을 할지 들어보고자 했다.

"우리 아빠는 머리가 좋아서 이런 거 필요 없어."

펀치를 날리는 손주에게 한방 또 먹었다.

그런 이야기를 외손주와 한지가 엊그제 같은데 대학교에 가고 군인을 간다며 해병대를 지원했단다.

"거기 가면 너무 힘들어 그냥 육군으로 가지."

"할아버지 나 벌써 거기 합격했어."

육군을 가도 걱정인데 해병대라 참 걱정이 앞선다. 보나 마나 수영을 가르치려고 바닷물 속에 잡아넣고 못 나오게 물을 먹인다. 보트를 타고 가면서 쫓아오라고 하면서 그냥 도망간다. 사람을 기진맥진하게 하여 물을 먹고 허우적대면 그때야 건져서 보트에 태운다. 해병대를 간 사람들한테 들은 이야기이다. 육군도 유격 훈련을 받을 땐 그와 비슷한 훈련을 하기도 한다. 해병대 훈련이 어려울 게 안 봐도 뻔하다.

그 애가 벌써 6개월이 되어서 며칠 전 첫 휴가를 왔다. 서서 거수경례한다. "충성"

하! 그놈 참, 늠름하기도 하다. 거실로 들어오라고 하고서는

"이놈아 할아버지한테는 큰절하는 거야."

그런데 보니 그 통통하던 애가 반쪽이 돼서 왔다.

"그래 해병대 생활할 만하냐?"

"네. 다른 사람도 다 하는데요, 뭐."

대수롭지 않게 이야기한다. 참으로 늠름하고 기특하기도 하다.

외손자가 3명이다. 큰애는 벌써 몇 개월 있으면 제대한다. 참으로 세월은 빠르게 간다. 그저 손주들을 보면 맛있는 걸 실컷 먹여서 보내고 싶다.

한 달도 안 돼서 서울에 사는 외손주가 휴가왔다며 인사를 하러 왔다. 최전방에 있기에 위수지역을 벗어나지 못하기 때문에 외출도 못 한단다. 해병대엘 간 제 이종보다는 한 살이 위다. 이

제 제대를 몇 개월 앞두고 있다. 오자마자 큰절을 하고는 가방을 뒤적이더니

"할아버지 선물"

하며 고급 볼펜이 한 개 들은 곽을 준다.

그리고 외할머니와 이모들 화장품도 사가지고 와서 내놓는다.

"얘. 군인이 뭔 돈이 생겨서 이런걸 사 오니"

"아뇨 얼마 안 돼요."

그 선물을 준비하기 위해서 봉급을 모으느라고 얼마나 절약했을까?

지난날 처음 나온 라면 한 봉지를 사는 것도 봉급을 생각해야 할 정도로 어려웠던 나의 군 생활이 생각이 났다. 당시 상병 봉급은 220원 병장은 270원이었다. 밖에 외출 나가서 우리나라에 처음으로 나온 삼양라면 두 그릇 사 먹고 막걸리 두 주전자 먹으면 봉급은 빵 그러니까 제로가 된다. 그래도 극장 구경은 일주일에 한 번씩은 가는데 그게 20원인데 군인극장이라 외상도 된다. 외상은 소도 잡아먹는다고 극장 갈 사람 손들어서 하면 무조건 손을 들고 극장엘 간다. 구경한 것까지는 좋았는데 봉급날이 문제다. 봉급날 재무가

"도장 가지고 봉급을 타러 오세요." 한다.

거의 봉급이 탈 게 없고 마이너스니 전부 화장실이나 밖으로 슬슬 나간다. 선임이 재무면 큰일이지만 대개 재무는 졸병을 시

킨다.

재무는 선임들이 다 도망을 가니 큰일이다. 어쨌든 봉급명세서를 작성해야 하는데 잔액이 안 맞는다. 속으로는 18.18 하면서도 하여간 봉급명세서를 작성해 사단에 보고해야 한다. 돈을 받아야 할 선임병들을 좇아다니며

"김 상병님 돈 주세요. 80원입니다."

"돈이 있어야 주지 인마."

"그래도 돈 주세요"

나의 군 생활 중 봉급날은 졸병 재무를 피해 도망 다니는 날이다.

고급 볼펜을 선물 받고서 그 생각이 나서 빙그레 웃었다. 손자는 내가 웃으니 내 속도 모르고 아주 만족했나 보다.

"너 뭐 먹고 싶니" 하니 "자장면요."

"진짜?"

할머니가 거든다.

"너 고기 좋아하잖아. 할아버지한테 사달라고 해."

하며 고깃집을 가잔다. 아마 소고기를 1kg은 혼자 먹은 것 같다.

고기를 먹는 모습이 어쩌면 저리 좋아 보일까! 연신 구워서 주면 그냥 씹지도 않고 꿀떡 삼키는 것 같다.

"천천히 먹어."

하면서도 연신 구워서 줬다.

해병대 간 손주는 인사차 와서 바쁘다고 바로 일어서서 돈으로 때웠는데 그 손주는 고기라면 한 5인분은 먹어야 직성이 풀리는데. 그냥 가니 서운했다. 그런 큰 외손자는 아양도 잘 떨고 농담도 잘한다. 아롱이다롱이라더니 외손주들도 생각하는 게 각각 다 다르다.

"너 얼마나 고생을 했니? 그리고 봉급은 얼마나 타니?"

"36만 원요."

"뭐야? 36만 원?"

"네."

내가 1967년 상병 때는 봉급을 220원을 탔는데 도대체 몇 배가 오른 거야?

외할아버지 봉급과 외손자의 봉급의 차이 1636배가 넘네!

외손자와 외할아버지의 봉급 차이, 참으로 격세지감을 느꼈다.

그것은 우리나라가 그만큼 경제적으로 발전했다는 이야기이다. 대한민국 만세이다.

엄마와 아기의 만남

우리가 태어나서 나와 마주쳐가며 만나는 사람은 무수히 많다. 그것 또한 불가(佛家)에서는 큰 인연이라며 축복이라고 한다.

아기와 엄마의 첫 만남은 세상에서 가장 행복한 만남이고 축복이다. 여자의 삶 중에 최고의 고통을 안겨준 자식의 태어남. 그것은 엄마와 자식이 만나는 첫 인연이다. 이보다 더 큰 인연은 없을 것 같다.

엄마라는 사람에 안겨 온기를 느끼고 떨어지면 죽을 듯 두 손으로 움켜쥐고 있는 힘을 다해 젖을 빨면 처음에는 붉은색 피가 조금 나오고 초유가 나온다. 태어난 아기가 빙그레 웃으면 그때야 초유가 나오고 있다는 게 확인이 되는 것이다. 참으로 신기한 현상이다. 본능으로 젖을 먹으면서도 귀는 쫑긋 세우고 장 들던 소리의 주인공인가? 아닌가를 구별하다가는 배가 부르면 눈을 감아버린다.

아기를 임신하면 엄마를 몇 달간이나 입덧하면서 힘들게 한다. 입덧도 끝나고, 무거운 배를 안고 다니면서도 연신 배 속의 아기가 궁금하다. 어떤 일을 하던 배 속의 아기가 다치면 안 되니 어떤 일보다도 아기가 우선이다.

갓 태어난 아기를 쳐다보는 엄마는 지난 10여 개월 동안 힘들었던 것이 꿈만 같았을 것이다.

총각 시절 길거리를 가다가 보면 배가 아주 불룩한 임신부들이 떼를 지어 다니는 것을 볼 때가 있었다. 그러면 '아이고, 무슨 배 자랑 하나.' 생각했던 것이 부끄러운 생각이 들쯤엔 내 아내 배도 남산만 해졌다.

아기가 뱃속에서 보내주는 임신 5개월째의 태동은 아기가 엄마에게 보내는 내가 건강하다고 보내는 신호란다. 엄마는 너무 신기하다. 남편의 귀를 잡아당겨 배에다 대며

"소리가 나? 소리가 나나 좀 들어보라고"

남편은 아내의 말에 귀를 배에다 대고 무슨 소리가 나나 들어보려 애를 쓰지만 아주 작은 태동 그것은 본인이 아니고는 느낄 수가 없는 것이다.

남편 얼굴을 쳐다보며

"아이고. 좀 아가야 불러봐. 어찌 그리 감정이 없냐!"

"아무 소리도 안 나"

"그래도 잠시 기다려 봐"

아기가 태권도를 시작하는지 조금 무슨 소리가 나는 것 같다. 그 움직임이 감지된 내가 얼굴이 환해지며

"어! 무슨 그러니까 움직이는 것 같아."

"나는 금방 알지, 뭔, 아빠가 될 사람이 그리 둔하냐."

산모는 뱃속에서 발장구를 치는 아기가 빨리 보고 싶을 것이다. 그리 애타게 아기를 기다렸는데. 산고의 진통은 이 세상에서 가장 참아내기 어려운 것이었다. 그 진통을 끝까지 참아야 아기를 낳는다. 얼마나 귀한 자식인가!

우리 종중의 족보 파보를 만들면서 보니 여자의 평균 나이는 삼십이 거의 다였다.

조선 시대에 와서도 여자가 죽는 일이 가장 많았던 것은 의학 상식의 부재였고 청결하지 못한 상황에 아기를 낳고는 여자들이 많이 죽었다고 한다. 그래서 족보를 보면 일부다처제는 아니지만, 종중 족보를 보면 한 남자에게 부인이 세 명은 보통이다.

아주 먼 옛날 우리 조상들은 의료시설이 거의 없었기에 그 추운 동굴 안에서 엄마가 아기를 낳다가 죽는 사람이 절반을 넘었을 거라고 추측을 하는데…. 참으로 안타까운 일이었다.

뭇 동물 중에서 사람은 떼로 달려드는 호랑이나 곰이나 늑대나 여우에게 무참히 먹이가 되었었다. 적으로부터 싸움에서 이겨 살아 남으려면 그저 집단 형성이 필요했고 아기 생산은 집단을 위해 꼭 필요했으며 본능이며 관리는 지혜였다.

살기 위해 만든 돌도끼. 돌칼 등을 만들고서야 타 동물들에 먹이 사슬에서 우위를 점점 차지하게 되었으며 번개에 의하여 산에 불이 붙으면서 먹을 것을 찾아 헤매던 사람은 불에 탄 동물의 사체를 먹어보고 음식의 맛을 알게 되었다. 그 불을 보관하는 기술을 익혀가며 소화가 잘되는 익은 고기를 먹게 되면서 점점 오래 살게 되었고, 불은 뭇 동물을 퇴치하는데 일등 공신 노릇을 했다. 번개에 의해 붙은 불을 지키지 못하자. 머리를 쓴 것이 바로 나무를 비벼 대여 불을 얻는 놀라운 발상이 지금의 문명을 이루어낸 시초였다.

인간의 지혜가 물질문명을 발달시키면서 인간은 뭇 동물의 왕이 되었다.

동물의 왕이 되게 만들어준 것은 바로 엄마이다. 또한, 엄마를 지켜줄 사람은 아기이다.

그린벨트 훼손 유감

며칠 전 미국 여행. 워싱턴 근교 버지니아 덜래스 공항을 나와 제일 먼저 느낀 것은 내가 어느 한 농촌 도시를 온 것 같은 느낌이었다. 아니 세계를 움직이는 미국의 수도가 농촌 같다니 내 눈을 의심하며 이게 사실인가? 믿기지 않았다.

워싱턴 시내를 다니면서도 높은 빌딩은 하나도 못 보았다. 거대 국가를 움직이는 공공건물도 8층을 넘어서지 않은 것 같다.

그 도시계획은 아주 오래전 프랑스에서 설계했다 한다. 그 설계대로 그린벨트가 섞인 도시를 건설하고는 엄격한 규제를 가하여 건물도 절대 겉모양을 바꾸지 못한다고 한다.

국회의사당보다 건물을 높게 지어서는 안 된다는 법 때문에 이기도 했겠지만, 그래서인지 워싱턴시 안에는 높은 빌딩이 없다.

우리가 가장 중요하게 생각하여야 할 문제가 바로 환경 문제이다.

인류 중 가장 많은 수였던 두 종족 호모사피엔스와 네안텔레인, 호모사피엔스인 우리는 왜? 네안텔레인이 멸종했는가를 생각해본 적이 있는가? 그들이 멸종한 것은 학자들의 연구는 지구의 환경 탓이었을 것이라고 보고 있다.

도시 주변을 푸르게 가꾸려면 78대 22의 법칙을 잘 지켜야 할 것 같다. 그 법칙을 미국인들은 꼭 지키고 있다. 만물은 모든 것이 78대 22라는 법칙에 따라 돌아가고 있다. 78대 22 이것은 지구 대기의 질소 대 산소의 비율이기도 하다. 정사각형을 그려놓고 그 안을 꽉 차게 원을 그려 넣으면 원의 넓이는 78이고 그 나머지는 22이다. 그것은 우주의 법칙이기도 하다.

워싱턴의 호텔비가 너무나 비싸서 워싱턴 호텔비의 반값이라는 워싱턴과 붙어있는 버지니아주로 갔다. 버지니아는 워싱턴 시내를 조금 벗어난 도시이지만 숲속에 파묻혀 주택가엘 들어가 보니 옆 건물은 보이지만 바로 앞에 건물이 어디에 어떻게 있는지 잘 보이지를 않는다. 그곳의 호텔도 4층이고 숲속이었다. 우리나라 연립 주택 수준이나 안에는 고급 카펫이 깔려있고 깨끗하다.

버지니아에도 오직 전문 상가가 밀집한 곳만 앞이 조금 보인다. 그곳도 2층 이상은 없다. 상가 밀집 지역에서 그곳 주민에게 스마트폰을 들이대며

"여기에 아파트는 없나 보네요?"

하니

"저게 아파트인데요."

하며 손으로 가르친다.

우리나라와는 너무나 대조적이다. 아파트라는 게 우리나라 연립 주택 수준인 4층이었다. 주택 건물은 3층 이상이 없다. 또한, 건물의 면적의 20배 이상?(30배도 될 수도 있을 것 같다)은 나무로 심겨 있다. 약 150m 앞의 주택은 보이지도 않고 나무엔 새들만 부산하게 왔다 갔다 한다.

호텔에서 나와 슈퍼마켓을 물어보니 큰길 건너편에 한 개가 있다고 한다. 그곳은 길가에 휴게소이니 아주 간단한 커피나 햄버거만 살 수가 있는 곳이란다.

그곳을 가려고 보니 4차선 도로에 건널목이 없다,

"왜? 건널목이 없나요?"

하며 그에게 물어보니

"걸어 다니는 사람이 없으니 건널목이 필요 없지요. 자동차가 신발이니까요."

고개가 끄떡여졌다. 차들만 신호에 맞춰 가는데 속력을 내며 달리는 차들이 없다. 신호등이 있는 도로를 사람이 건너려면 횡단보도래야 1m 남짓한 희미한 금만 있다. 어떻게 해야 길을 건너갈까 하다가는 그냥 차도로 걸어갔다.

그런데? 차가 서서히 속도를 낮추며 온다. 그런가 보다 했다.

그런데 알고 보니 신호등은 작은 전봇대에 붙어있는 장치를 내가 조정해야 한다는 것을 모르고 한 행동이었다. 잘못하면 사고가 날뻔한 사건이었다. 미국인들은 우리나라 사람들처럼 운전하지 않는다. 서로 양보 운전을 하고 있었다. 신호등이 없는 사거리는 이쪽에서 한 대가 지나가면 저쪽에서 한 대가 지나가고 그것을 어기면 어디서 나타나는지 금시 경찰차가 온단다.

호텔에서 아침에 일어나서 창문을 열어보니 그 상쾌한 공기는 너무나 기분을 좋게 한다.

내가 보름이라는 짧은 기간이지만 이번 미국과 캐나다를 다니면서 가장 부러워했던 것은 그들의 마천루가 아니라. 도시의 환경이었다. 뉴욕 또 워싱턴 시내를 돌아다니다가 길가에 있는 사철나무 잎을 만져보니 손에 먼지 하나 만져지지 않는다. 우리나라와는 완전히 다른 세계에 사는 식물들이 사람 덕을 보고 있다.

맑은 공기는 식물에도 활력을 불어넣어 식물의 잎은 윤기가 흐르며 태양 빛을 받으니 거울처럼 반짝인다. 국민들은 그 좋은 환경 덕에 아토피 환자도 없다고 들었다, 그 비싼 뉴욕의 한복판에 대형 인공섬을 만들고 시민들은 그 위에서 각종 모양으로 일광욕을 즐기고 있었으며 아이들은 소풍을 오고 어른들은 그 좋은 환경을 만끽하고 있었다.

워싱턴에는 없는 빌딩 숲이 뉴욕에는 섬인 맨해튼에만 있었다.

그것도 뉴욕의 중심부 맨해튼 섬에서 엠파이어 스테이트 빌딩이라든가 있고 중심 상가에만 빌딩이 있다. 맨해튼을 벗어난 변두리는 역시 농촌 풍경이다. 변두리 호텔조차도 3층 건물이었다. 상상했던 미국의 도시가 아니었다.

그들은 차량까지도 철저히 통제한다. 디젤류는 대형 버스나 대형 트럭에만 사용 가능하단다. 경유 값은 휘발유보다도 훨씬 비싸단다. 장거리 운행을 하는 대형 버스나 트럭도 하루 일 만 km 이상은 다닐 수 없단다.

그 모든 것은 차량의 기록 장치에 기록이 되고 법을 지키지 않으면 철퇴가 내려진다니 알 만도 하다.

박정희 전 대통령이 외국에 가서 본 것도 아마 내가 본 것과 비슷했으리라 본다.

외국을 방문하고 느낀 것은 절실한 푸른 도시였을 것이다. 그래서 박정희 대통령이 만든 것이 우리나라에 그린벨트 법을 만들고 시행한 것이다.

우리나라는 삼천리 금수강산이라고 칭했었다. 실제 거리가 함경도 끝에서 제주도까지를 길이로 치면 삼천 리이다

삼면이 바다로 둘러싸인 천혜의 땅 대한민국 태백준령을 모체로 발달한 우리나라의 지형은 강원도 동쪽과 경상도 동쪽이 붙어 태백준령을 이루며 서쪽으로 가지를 치며 만들어진 아주 기묘한 토끼 모양의 대륙의 끝에 붙어있는 반도이다. 동쪽은 가파른 언덕이 많고 서쪽은 평지가 많다. 그래서 우리나라의 발전

축은 서쪽이 주류를 이룬다. 지구상에서 많은 혜택을 받은 아름다운 나라이다.

유럽의 그린피스는 물론 영국을 비롯한 프랑스 등 유럽 국가들은 이구동성으로 그린벨트 정책이 박정희 대통령의 재임 시 업적 중에서 가장 좋은 성공한 정책이라고 평가했었다.

그런데 우리나라는 그 좋은 성공작인 그린벨트를 어느 날 정치인들이 정권 탈취를 위하여 그린벨트 해제를 약속하면서 그린벨트는 무너지기 시작했다.

지금은 처음에 지정한 전국의 그린벨트가 5%도 안 남은 것 같다. 우리나라의 위정자들은 아직도 환경의 중요함을 잘 인식하지 못하고 그저 적당주의 안일주의가 정권 탈취만 생각하여 좋은 공기를 도시민에게 공급하는 그린벨트를 야금야금 거의 다 없애 버렸다. 내 자손들의 만대를 질병에 처넣는다는 것을 깨닫지 못하고 있는 것 같다. 아토피가 만연을 시작했다는 것은 무엇을 뜻하는지 정치인들은 안중에도 없다. 자식이 아토피에 걸리면 부모는 자식의 그 힘들은 아토피에서 구하고자 어려움을 자초하며 황토가 있는 시골이나 환경이 좋은 곳으로 이사까지도 감행한다.

환경을 살린다며 숲을 훼손하여 태양광 발전을 한다니 소가 웃을 일이다. 삼면이 바다인 우리나라인데 왜? 그 바다를 사용하려 하지 않는가?

산은 인간을 보호하는데 일등 공신이며 잘 관리하면 그게 보물이다.

시간이 갈수록 우리가 가꾼 숲은 우리를 보호하고 건강을 선물할 것이다.

지금이라도 숲을 더는 훼손하지 말고 가꾸는데 온 힘을 기울여 자손에게 아름다운 강산을 물려줘야 할 것이다.

78대 22의 그 법칙을 우리나라도 지켜야 하는데 오직 국민을 위한다는 정당이 정권 탈취를 목적으로 그린벨트를 거의 다 없앴다.

그린벨트를 훼손한 위정자들에게 나는 유감을 표시한다.

3부

인생 그리고 죽음

부의 원천이 될 소금

地龍(지렁이)

물(水)

작가

봄

통감

요양원에 입원한 부모

인생 그리고 죽음

부의 원천이 될 소금

소금이 되어라.

성서에 쓰여 있기 때문만은 아닐 것 같은, 그 글이나 말을 안 들어본 사람은 별로 없을 것 같다. 인간과 소금과는 무슨 관계가 있을까?

빛과 소금은 동식물 생명을 살게 하는 데 없어서는 아니 될 존재다. 그런데도 우리는 소금의 그 귀함을 깨닫지 못하고 있다. 그 이유는 소금이 넘치도록 많기 때문은 아닐는지. 그러나 앞으로 인류 문명에는 그 소금이 아주 귀한 자료가 될 게 분명하다.

인류 문명의 발달은 물을 이용한 수증기의 이용에서부터였다. 그러나 이제는 한 단계 더 올라 소금으로 배터리를 만드니 소금이 없으면 자동차도 만들 수가 없게 된 것이다.

인류 문명 발달에 한몫한 연금술에서도 소금은 필수 요건이지 않았나?

소금은 이제 일부 학계의 연구 과제로 떠 올랐다. 그 쓰임새는 아주 클 것 같다. 남미의 소금 광산을 우리나라 대기업이 물밑 경쟁 끝에 확보했다.

물고기 한 마리 살지 못하는 사해는 보물창고가 될 것이 확실하다.

바닷물은 바로 소금을 만드는 원료이니 바다에 금을 그어놓고 네것 내것을 찾아가며 싸우지는 않을는지? 그런데 지금은 소금을 가지고 싸우는 게 아니라 바다를 영토로 확정하고 서로 싸운다. 그 이유가 무엇일까?

인간의 머리는 점점 영리해지고 고정관념을 깬 사람들의 소설은 곧 현실이 되고 인류 발달을 연구하는 사람들에 의하여 생명은 점점 길어지고 생활도 편해지고 있다.

빛을 이용하여 태양광 발전을 하기도 했으며. 바다의 밀물과 썰물의 차이를 이용하여 전기를 만들기도 했다.

2차 산업 혁명을 코흘리개 유치원 아이로 만든 스마트폰의 혁명. 하루하루 달라지는 스마트폰의 기능 끝이 없이 발전해 가고 있다.

그것을 더 연구하는 세대들은 앞으로의 가까운 장래를 상상도 못 하는 세상으로 바꾸는 중이다. 스마트폰이던지 AI라든지 PC든지 그 안에서도 꼭 필요한 것은 저장 장치인 배터리이다.

또한, 태양광 발전을 하여 용융염이라고 하는 질산나트륨과 질산칼륨 혼합물을 사용하여 낮에 발전된 것을 저장하였다가 밤에 사용한다. 그 기술이 개발되어 사용하고 있는 곳이 벌써 생겨났고, 그 회사는 미국의 네바다주 모하비 사막에 있으며 30만 가구에 그 전기를 공급하고 있다. 그리고 그 물질을 이용하여 아주 작은 원자로를 만들어 드론에 사용하려는 연구도 하고 있으며 핵 항공모함도 용융염으로 대처하려 연구를 하고 있다. 소금이기에 용기의 부식만 해결하면 혁명이 일어날 듯도 하다.

'니콜라 테슬라'가 현 헬리콥터 모형을 설계하여 공개하고, 레이저 무기의 설계도를 공개하자 사람들은 그를 미친놈 취급을 하기도 했으나 그것은 바로 현실이 되었다. 인류 생활을 바꾸어 놓는 IC 그것에도 필요한 배터리나 전기, 소금이 전기를 생산하는 시대가 되면 아인슈타인이나 테슬라가 무덤에서 벌떡 일어날 것 같다.

소금을 연구해 보면 그 기능은 사람을 얼마나 더 놀라게 해 줄까?

일본은 지금 물과 소금을 섞으면 빛이 되는 랜턴을 만들어 우리 돈 3만 원 정도에 시판하고 있다. 소금이 배터리가 된다는 것을 증명한 것이다.

자동차용 배터리도 혁명을 가져올 것이다.

소금의 연구는 인류의 생활 변화와 큰 획을 그을 것 같다. 소금이 발전기를 돌리는 중요한 원 자제가 될 날은 언제일까?

소금은 액체로 만든 고체이다. 고체에 열을 가하면 액체가 된다.

소금이 액체가 되면서 내는 열은 바로 발전기를 돌려 전기를 생산할 수는 없을까?

지금 학계는 소금에 관한 그런 연구를 계속하고 있을 것으로 생각한다.

소금을 이용하여 전기를 만드는 기술을 어느 나라가 선점하느냐에 따라 그 나라는 부를 이루어 국민을 행복하게 할 것 아닌가?

소금으로 발전을 하는 시대가 오면, 중동 산유국들이 가장 두려워하는 것은 소금이 될 것 같다.

소금이 가까운 장래에(수십 년 안에) 바로 인간의 편한 생활과 직접 관련이 있는 기술의 원동력이며 원자재가 될 날이 될 것이라고 나는 확신한다.

소금.

그것은 바로 생명이며 연구는 지상에 과제일 것이다.

영리한 인간이 앞으로 얼마나 더 영리해질지, 어떻게 살 것인가는 모르지만 AI가 만들어지면서 인간은 앞으로는 AI 시대가 될 것이기에, 땅을 치고 울어도 소용없는 일이 될 것이다.

그것도 소금과 밀접한 관계가 있을 것이라고 본다.

地龍(지렁이)

우리는 지렁이를 地龍. 또는 土龍이라 부른다. 보기만 해도 징그러운 지렁이는 보기와는 다르게 우선 뱀독 제거. 옻나무 중독치료 치질, 중풍. 황달, 축농증 인후염 등 우리 선조들은 거의 민병 통치 약으로 써왔다.

우리 선조들의 예지가 번뜩이는 지렁이에 대한 글을 책에 써 놓아 후손들의 건강을 보살피는 데 한몫을 했다. 세계 최고의 식품 인증기관인 미국 FDA에서도 지렁이에 관한 연구를 끝내고 식용으로서 아주 가치가 있다고 인증을 하였다. 이는 무엇을 말함인가? 바로 우리 선조 님들의 지혜가 인정을 받았다는 이야기이다.

지룡, 토룡. 룡자를 쓴 그 모든 동물에는 어떤 것이 있었을까? 龍이란 우리가 상상의 동물로 실제는 없는 동물인데 화가들은 용이라는 그림을 많이 그렸다. 뿔이 나고 입에서는 불을 뿜고 다리는 악어 다리 같으나 발톱이 길게 나 있어 아무도 근접 못

할 무서운 가상 동물이다.

십장생도 그림에 보면 용이 들어 있다. 왜? 우리 조상님들은 없는 동물의 그림을 그렸을까? 내가 생각하기에는 우리 조상들이 없는 동물을 그린 것이 아니라 외계인의 모습을 본뜬 그린 것은 아닐까? 그리 생각을 해본다. 전연 없는 동물을 후손에게 보여 주려 그렸다고는 생각지 않고 있으며 지구의 각 박물관 또는 동굴 벽 속 그림 등지에서 보는 그림에는 얼굴은 동물에 몸은 인간인 그림들이 많이 있는 것은 우리의 연구 과제로 삼아야 할 것이다. 우리 조상들이 전혀 생각지도 않고 보지도 듣지도 못한 그림을 그려서 후손에 남겼다는 것은 아닌 것 같다.

인류 최초에 우리 조상을 거슬러 올라가 보면 가장 수효가 많았던 인류 중 네안데르탈인. 또 호모사피엔스. 라는 선조가 있었는데 네안데르탈인은 멸종됐다고 한다. 멸종된 원인은 동물성 먹을 것을 먹다가 기후변화로 초식동물이 점점 사라지자 그 음식을 구하지 못하여 멸종되었을 거라고 학계는 추측한다. 그러면 지금 지구상에 생존한 호모사피엔스인 우리는 왜? 살아남았을까? 그것은 호모사피엔스는 초식동물뿐만 아니라 해초류 또는 채소류. 어류 등을 먹었기에 살아남았다고 한다. 최근에 발달한 과학 기술은 이백만 년 전의 사람이 먹은 음식을 가려내는 데까지 왔다. 그것은 치아에서 나타난다고 한다. 이백만 년 전에 사람이 먹었던 음식은 바로 하루하루 치아에 나이테 형

식으로 보관된다고 한다. 그래서 인간이 한 종족이 멸종된 것은 먹을 것과 추위 둘 중의 하나라는 것이 연구 결과이다.

그 초식동물을 키워내는 것이 바로 환영 동물인 지렁이라는 것을 우리는 알아야 한다. 딱딱한 땅을 기어서 들어가 무른 토질을 만드는 동물은 바로 지렁이이기 때문이다. 그러니 호모사피엔스를 살아남게 한 동물은 바로 지룡이라는 지렁이가 아닌가? 생각하고 있다.

기후변화로 땅에서는 먹고 살 음식이 없자 땅속을 파 지렁이를 먹고 살아남은 사람이 있다는 것을 우리는 알지만, 미국에 FDA에서도 지렁이는 식용 가치가 있다고 하나. 더 연구하면 인간에게 꼭 필요한 물질이 지렁이에게 있을 법도 하다.

내가 어머니에게 들은 이야기이다. 지난날 몹시 가난하여 먹을 게 없을 적 사람들은 굶어 죽는 사람이 많았다고 한다. 그러면 산에 가서 소나무에서 송피를 긁어다가 물에 끓여서 먹고 칡을 캐다가 또는 도토리 등을 주어다가 녹말을 만들어 먹으며 연명했는데 그것만 먹으면 부황이라 하여 몸이 부어 죽는 병에 걸렸다고 한다. 그렇게 어렵게들 살며 죽느냐 사느냐 목숨이 걸려 있는데 그것을 해결한 사람이 있다고 한다. 한 집안에서 시집온 며느리가 먹을 것이 없자, 생각 끝에 친정 부모님에게서 들은 이야기가 있어서, 바구니를 가지고 밭으로 가서 지렁이를 캐다가는 솥에 넣고 소금만 조금 넣고 끓여서 식구들을 그 물을 마시게 했다고 한다. 그랬더니 온 식구의 얼굴에는 윤기가 흘러 동리 사람들 보기에 이웃은 다 굶어 죽는데 너희들만 몰래 곡식을 감추어 놓고 먹고 있구나. 이런 의심도 받았다고 한다.

나는 요즈음 지렁이에게 감사한 마음을 가지고 있다. 왜? 지렁이는 내가 농약을 안 주고 먹으려고 옥상에 밭에 심어놓은 고추, 가지, 오이, 토마토, 부추, 와서 등 식물을 건강하게 길러 주고 있기 때문이다. 여름의 옥상의 낮은 불 난로이다. 뜨거워 올라가 잠시도 있기가 힘들다. 그 채소들을 재배하려면 습도 온도가 적당해야 한다. 그것을 제일 먼저 아는 것이 옥상 밭에 사는 환영 동물인 지렁이이다. 지렁이가 옥상 흙 위에 한두 마리만 보이면 흙 속에 물이 부족하다는 신호라 바로 물을 충분히 주면 금시 지렁이는 보이지 않는다. 그리고 지렁이는 밭 속을 기어 다니며 흙 속에 산소를 공급하고 배설물은 훌륭한 비료가 되기 때문이다.

지렁이 한 마리에게도 감사함을 느끼며. 지용(地龍)이라 칭한 그 이유를 알 것 같다.

석가 탄신일에…….

물水

아무에게나 당신은 물을 왜? 먹습니까? 하고 물어보면, 그들은 어떤 대답을 할까? 아마도 눈을 동그랗게 뜨고 묻는 이를 쳐다볼 것이다. 대답은 하나 간단한데? 한번 가까운 사람에게 한번 물어보세요. 보통 사람들은 무슨 문제일까? 생각하며 이 얘기 저 얘기 등을 막 해댈 것입니다.

정답은 물은 먹고 싶어서 먹습니다.

물을 안 먹고 싶은 사람이 물 먹는 사람 보았습니까? 하지만 사람이 물을 먹고 싶어 하는 데에는 이유가 있습니다. 짜게 먹어서도 물이 먹고 싶어지고, 땀을 많이 흘려서도 물이 먹고 싶고, 이 모든 것은 몸속에 유전자가 뇌의 명령에 반응하여 물을 먹으라는 지시를 따르기에 입니다.

그렇다 하더라도 속을 들여다보면 물이 인체에 반응하는 것은 나이와 비례한다고 하는 사실입니다. 역대 의학 노벨상을 탄 사람 중에 50살이 넘어서 노벨상을 탄 사람 보았습니까? 문과

(노벨문학상)와 평화상을 빼놓고는(평화상은 국가를 위주로 하므로 연구한 것이 아님) 없다고 합니다. 인터넷을 뒤져서 노벨상을 탄 사람들의 나이를 한번 보시기 바랍니다.

그것은 왜? 그럴까요? 그것도 물과 아주 깊은 관계가 있는 것입니다.

노벨상을 탄 사람들은 대부분이 다 이십 대에 박사 학위를 따고 연구에 매진하여 오십 전에 연구를 마무리합니다. 그리고는 신청해서 기다리는 시간은 빼 보면 오십이라는 나이가 어떤 것인가를 생각 안할 수가 없는 것입니다.

사람에게는 오십 전까지는 일정한 양의 물을 유전자가 필요해서 합니다. 하지만 오십이 넘으면 물을 먹으려는 욕구가 일어나지를 않습니다. 그것은 제 이야기가 아니라 어느 대학에서 연구할 결과입니다. 그래서 물이 필요 없게 되면 사람은 세포가 작아지면서 서서히 늙어가는데 거기에 작아진 뇌의 세포가 제 정신을 차리지 못하고 말썽을 부리는 게 치매가 시작되는 것이라고 합니다. 치매만큼 가족과 이웃에게 마음에 상처를 입히는 병이 없다고 합니다.

암보다도 더 무서운 병 치매. 치매에 안 걸리기 위해서라도 오십이 넘게 되면 하루 적당량 약 1.5ℓ 이상을 꼭 섭취하라고 합니다. 치매에도 등급이 있지만 하여간 치매를 예방하는 데는 물이 최고라고 합니다. 내가 아는 지인 중 의사로서 50년 이상을 연구한 결과라니 믿어도 좋을 듯합니다.

물은 체내의 균형을 이루게 하는 중요한 요소입니다.

우리는 지금이라도 늦지 않았다는 생각으로 물을 꼭 섭취하는 것이 나와 내 가족을 위해서도 좋은 일임을 믿어주셨으면 합니다.

물은 칠십 세가 되면 더더욱 몸에서 받지를 않는다고 합니다.

그래서 물을 먹으려면은 약간의 소금기 있는 음식이 필요하다고도 합니다.

병원에 가서 입원하면 간호사들이 제일 먼저 하는 일은 환자에 손이나 발에 링거를 꽂습니다.

전문 링거액은 포도당, 아미노산. 전해질, 알부민 등이 있으나 그것은 어디까지나 전문 치료제이며 그중에 제일 많이 사용하는 게 식염수인데 그것은 수분 공급과 주사액을 넣기 위함도 있지만, 식염수는 물 1ℓ에 9g의 소금물일 뿐이다.

병원에서는 물의 중요함을 알기에 링거를 그냥 꼽습니다. 그러면 인체에 가장 좋은 물은 무엇일까?

인체에 좋은 미네랄 소금. 물 중에 좋은 미네랄이 제일 많이 포함되어있는 것은 심해수(深海水)인데 바닷속 200m의 곳에서 채취한 물이라고 합니다. 하지만 그것은 가격이 너무 비싸니 그것을 아주 적은 돈으로 미네랄 수를 만들어 먹으면 된다고 합니다. 그것은 아주 간단합니다.

다시마 만 원어치만 사면 아마 몇 개월 동안 심해 심층수를 만

들어 먹을 수 있습니다.

다시마 20g 정도를 물을 약 1ℓ 기준으로 찬물로 부어 놓고 10여 분 기다리면 심해 심층수와 똑같은 물이 됩니다.

소금기 또 다시마의 좋은 성분을 섭취하려면은 끓는 물에 넣어도 좋겠지요. 그리고는 좀 식혀서 드시면 될 것 같습니다. 물이 인체에 아주 중요하다는 것을 정말 잘 알고 지켜야 건강한 삶을 살 수가 있을 것입니다.

속담에 "아는 것이 힘, 배워야 산다." 이런 말이 있습니다. 물을 배우고 알고 삽시다.

작가

작가란 글을 쓰는 사람을 일컬음이다. 글을 쓴다는 것은 남다른 상상력. 구상과 창의력이 있어야 한다. 수필이든 시든 소설이든 그것은 창작이다.

세상은 놀라울 정도로 IT 시대로 변하니 TV도 말로 채널을 바꾸는 시대가 왔다. 노래도 제목을 이야기하면 바로 들려주기도 한다. 변하는 세상을 따라가지 못하면 그것이 바로 문맹이다. 더군다나 챗GPT의 발달은 불과 일 년 만에 2.0에서 2.5, 3.0, 4.0 이제 5.0으로 가고 있다. 그것은 컴퓨터의 286-386-586- 펜티엄을 넘은 IT 혁명이다. 스마트폰에 챗GPT 4만 사용해도 전 세계 언어 중 13개국 언어를 듣고 싶은 언어로 바꾸어 달라면 바꾸어 말해준다. 앞으로는 전 세계 어떤 언어로도 이야기할 수가 있는 기기가 나올 것이다. 거기에 고도의 인공 지능이 가세한다면 소설까지도 인공 지능 로봇이 쓸 것이다. 문인들은 그 점에 꼭 대비하여야만 살아남을 수가 있을 것이다.

서점은 텅텅 비고 문을 닫고 영업을 중지하는 곳도 생겨나니 걱정이 앞선다. 그러므로 지금 이 시대에 소설을 쓴다는 것은 소가 웃을 일인지도 모른다.

그래도 인터넷 오디오 소설 그것이 지금 인기를 끌고 있다. 하지만 인터넷 소설은 전기가 없고 바이러스가 침투하면 다시는 읽어 볼 수가 없을 것이다. 그러므로 인쇄된 책은 가치가 있지 않을까 생각해본다.

소설은 가상일 수도 있고 가상과 진짜가 섞여 만들어진 글일 수도 있다. 소설 한 편을 읽어 보면 작가가 무엇을 말하려 했다는 것을 알지 못하고 그냥 읽고 책을 닫으면 그 책은 읽으나 마나이다. 글을 쓰지 않는 작가는 숨을 쉬지 않는 사람일 것 같다.

한 편의 글을 쓰기 위해 책상에 앉아 있는 문인들을 생각하면 존경스럽다는 생각이 든다.

이 바쁜 시간에 책을 읽어본다는 것은 한낮 사치에 불과할 그것이라고도 생각하는 사람이 늘어나면 문학의 앞날은 어찌 될까?

등단 작가네 하고 글 한 편 안 쓰고 작가 행세만 한다면 그게 될 일이나 한 것일까? 조선 시대에 양반 입내 하며 농사도 안 짓고 집안을 가난에 시달리게 하면서 에헴 거리며 거리를 누볐을 양반들하고 뭐가 다를까?

옛말에 노름꾼한테는 딸을 줘도 글쟁이한테는 딸을 안 준다고 했다. 그것은 삶에 중요한 돈을 못 버는 글쟁이한테 딸을 시집 보내면 딸이 고생할 것이 뻔하니까 그런 이야기가 생겨 난 게 아닌가?

시대의 변화로 글을 써서 밥을 먹고 살겠다는 생각은 참으로 어리석은 일이 되었다.

작가는 그저 베스터셀러가 되든 아니든 자기 계발을 하며 묵묵히 글을 쓰는 자가 진짜 작가라고 본다.

한 편의 소설을 쓰기 위해 밤과 낮을 가리지 않고 고심한다고 해서 좋은 작품이 나온다고는 할 수 없다. 책을 쓰기 위해서는 다른 사람의 책을 많이 읽어보아야 한다. 그러다 보면 어느 순간에 영감이 떠올라 좋은 작품이 될 수도 있다고 본다.

글을 써놓고 누구에게 평가를 받는다는 것은 중요한 일일 수도 있다. 하지만 작품을 제대로 평가할 수 있는 사람이 평가할 때 그 작품은 빛이 날 것이다. 오래 묻혀 있었다 해도 잘 쓴 글은 수십 년 수백 년이 지난 후에 이름이 나기도 한다. 사람이 만사에 능통할 수는 없다. 다만 자기가 생각하는 것은 자기가 보고 느낀 세상의 글 또는 생활에서 얻은 지식일 뿐이다.

글을 쓴 사람도 마찬가지이다. 글을 써 놓고도 이게 잘 쓴 것인지 못 쓴 것인지 본인이 판단한다면 그것은 우물 안 개구리가 아닐까?

글을 쓰다 보면 심혈을 기울여 하루 내내 또는 며칠 몇 달을 써놓고 완성된 거야! 하고 탈고를 하려고 하다가. 다음날 다시 읽어보면 그 글이 당최 마음에 안 든다. 도대체 왜? 그럴까? 그것은 내 작품을 내가 평가하는 데서 일어나는 현상이 아닐까?

창작이란 어미가 자식을 낳은 아픔이 있지 않고서는 자식을 가질 수 없듯이 그런 고통이 따라야 비로소 작품이 나올 수 있다고 본다.

또한, 작가들은 기다리며 인내하고 많은 책을 읽어 성숙이 돼야 제대로 작품이 나오리라 생각한다. 요즈음 우리나라 카이스트에서도 책 100권 읽기를 권한다는 이야기를 들은 적이 있다. 환영할 만한 일이다. 미국의 유명대학 프린스턴대를 졸업하려면 500권 정도의 책을 읽어야 한다고 한다. 책의 중요함을 알고 학생들에게 주입하게 시키니 프린스턴 대학교는 세계 최고라는 하버드를 제치기 시작했다. 프린스턴대를 나온 사람들이 더 성공하는 사람이 많다는 이야기이다. 그것의 원동력이 책임은 두말 할 필요가 없다.

글을 쓰는 데는 나이와 아무 상관이 없다. 다만 나이를 먹게 되면 모든 경험한 것이 집합하면서 좋은 글을 쓸 수 있는 것이다. 세계적인 문호들을 보면 다 나이가 50세가 훌쩍 넘어서 글을 쓴 사람들이 많다. 그리고 80세가 넘어서 노벨문학상을 탄 사람도 있다는 그것을 작가들은 염두에 두었으면 한다.

봄

만물이 솟아나는 봄을 알리는 전령사는 당연히 개나리꽃이라고 생각을 했었다.

그것은 무지였다. 개나리보다 더 먼저 피는 꽃은 천연기념물 미선나무이다. 또한, 눈 속에서 싹을 내고 꽃을 피우는 것도 여러 종류이다. 그래도 시내에서 가장 먼저 봄꽃을 보는 것은 개나리꽃 같다. 겨우내 움츠렸던 개나리가 꽃망울을 맺으면 겨울은 봇짐을 싸고 도망갈 채비를 한다. 개나리가 질 때쯤이면 벚꽃이 꽃망울을 맺는다. 반가운 손님을 만난 듯 봄에 향기를 두 손으로 맞이하고 싶다.

경칩이 지나면 정말로 좋은 날씨에 두꺼운 옷을 한 겹 벗으면 몸이 나는 듯하다. 봄은 여자의 계절이라고 했으니 여자들로서는 참으로 더 반가운 것이 봄일 것 같다. 밭이나 들로 다니면 얼어 죽지 않은 냉이가 반기고 조금 더 있으면 달래와 쑥이 돋아난다. 비닐하우스에서 재배하여 파는 나생이나 달래 등과는 향이 틀리다. 본격적으로 두릅이 나기 시작하면 산과 들에는 반찬거리가 지천이다. 농촌의 옛날 아낙들은 시부모나 남편 자식에게 맛있는 반찬을 만들어 줄 수 있는 봄이 그리 반가울 수가 없었을 것 같다. 그 봄에 풋풋한 채소 반찬은 우리의 건강 증진에 한몫했을 것이다.

내 어릴 적 아버지가 밭갈이 할 때 나는 쟁기 옆을 좇아가며 두리번거리며 찾는 것이 있었다. 쟁기가 땅속을 깊이 파헤치면 큰 개구리가 엉금엉금 기어 나온다. 땅속에서 월동한 큰 개구리이다. 냉큼 잡아서는 그게 내 새끼인 양 가슴에 품고 돌아온다. 그놈을 잡으려고 아버지를 졸졸 따라다녔다. 삼 일 전 아버지 밭갈이를 따라갔다가 큰 개구리 한 마리를 잡아 왔다. 개구리는 장난감 겸 친구다. 굵은 실로 다리를 묶어 매 놓고는 친구들에게 자랑했다. 금세 동네 친구들이 모여든다. 친구들이 저도 갖고 싶은지 한 번만 만지게 해달라고 사정을 한다.

"이 개구리 손으로 자꾸 만지면 죽는대."

그래도 동네 친구들은

"딱 한 번만 만져볼게"

하고 조른다. 강력하게 안 된다고 하다가 그래도 친구들에게

"딱 한 번씩만이다. 알았지?"

"그래 딱 한 번만 진짜 만질게."

하고 여러 친구가 달려들어 만진다. 도망하려고 펄쩍 뛰던 개구리는 주물럭대는 아이들에게 항복하고 축 처졌다. 이제 겨우

살이를 끝내고 나온 개구리는 먹은 것도 없겠지만 확실히 힘이 없어 보인다. 친구 하나가 가만히 움직이지 않고 있는 개구리를 보더니

"저거는 배가 고파서야."

그래서 부엌으로 들어가 보리밥을 가져다가 개구리 입 앞에 놓아 주어도 안 먹는다. 친구 하나가 개구리 입을 벌리고 보리밥을 배가 동그랗게 쑤셔 넣었다. 그리고 땅에 놓으니 다리를 쭉 뻗는다.

"배가 불러서 그런 거야. 좀 있으면 밥을 먹였으니 힘이 세질 거야."

"이거, 봐, 봐 눈은 뜨고 있잖아."

개구리가 움직이질 않으니 재미가 없는지 친구들은 갔다. 그 이튿날 일찍 일어나자마자 보니 개구리는 죽어 있다. 친구들을 불렀다.

"너희들이 죽였으니 책임져."

하고 엉엉 울어대니 한 친구가 책임을 진단다.

"어찌할 건데?"

그 친구는 나를 따라오라 하더니 동내 입구 도랑으로 날 데려갔다. 개구리 알을 검정 고무신에 건져서는 주면서

"죽은 개구리는 한 마리이지만 이게 크면 100마리도 넘어."

그러고 보니 친구 말이 맞는 것 같다. '그려 이 올챙이가 다 크면 100마리도 넘을 거야' 마음이 아주 흐뭇했다. 그 올챙이를 키

우기 위해 세숫대야에 넣고 나는 흡족하여 환한 웃음을 웃었다.

그 이튿날 개구리 알을 보려고 세숫대야를 보니 어찌 알이 하나도 없다. 누나가 세수한다며 알을 그냥 쏟아 버렸단다. 주저앉아 발버둥을 치며 눈이 퉁퉁 붓게 울어도 소용이 없었다.

다시 밭을 갈아엎는 아버지 쟁기 뒤를 쫓아다니는 수밖에 없었다. 개구리를 잡아서 가지고 오면 아이들이 몰려온다. 이번에는 만지기는커녕 멀리서만 보라고 하고는 그냥 쫓아 버렸다.

봄의 전령사는 남해안 매화꽃이 제일 먼저 피는 것 같지만, 거의 동시에 세계에도 희귀한 괴산에만 있는 미선나무가 매화보다도 먼저 핀다. 아열대성 기후로 변해 가는 우리나라의 봄이 한참 북쪽인 괴산까지도 그리 꽃을 일찍 피우나 보다.

우리 집을 올라가는 계단에는 15년이 넘은 천리향 나무가 있다. 경상도 전라도 매화보다도 제일 먼저 꽃을 피워 아주 코를 상쾌하게 하는 천리향 꽃나무이다. 처음에는 집 남향 베란다에 놓아두었더니 1월이 되니 꽃이 피고 아주 좋은 향기를 내뿜는데 너무 더워서 계절을 모르나? 향기가 나다 안 나다 한다. 그래서 서향 계단으로 옮겼다. 그랬더니 2월 10일이며 꽃망울을 맺고 2월 20일 전에 제일 먼저 꽃을 피운다. 베란다에 천리향 나무가 있을 시 그 꽃에서 이상한 것을 발견했다. 나는 꽃나무가 개화하면 항시 꽃향기를 내 뿜는 줄 알았다.

한데 자세히 보니 아니다. 천리향은 향기를 내는 시간이 따로 있다는 것을 발견했다. 오후 3시가 되어야 향기를 내뿜다가는 향을 내지 않는 것 같다. 이상하여 몇 번인가를 확인해도 거의 같은 시간이 되어야 향기를 내 뿜는다. 참으로 신기했다. 천리향 꽃나무를 서향으로 옮기고 보니 그 향이 훨씬 더 진하게 난다. 계단 벽에 향이 뱄는지 2층 입구에만 들어서면 그 향이 너무나 좋다. 그래서 꽃에 대하여 잠시 생각하다가 '아!' 밤에만 피는 달맞이꽃. 그 향기는 밤에만 낼 것이 아닌가? 그렇다면 밤에도 꿀을 따러 오는 벌이 있어야 하는 것 같은데! 진짜 밤에만 피는지 궁금하다. 꽃들의 비밀, 바로 그것은 자식을 더 많이 만들기 위하여 꽃을 피워 벌들을 유혹하는 것인데, 왜 달맞이꽃은 벌이 활동을 안 하는 밤에만 피는 것일까? 밤에도 벌이 활동을 할까?

사계절이 있는 대지의 봄은 따스한 햇볕이 만물을 일깨운다. 잠자다 부스스 일어난 개구리와 두꺼비가 밭을 헤치고 나오고 겨우내 움츠렸던 곰과 다람쥐가 기지개를 켜고 활동을 시작하는 봄. 겨우내 눈 속을 헤치며 먹을 것을 찾아 헤매던 새들도 날갯짓이 가벼워지고 움트는 씨앗 싹을 발견해 배를 채운다. 이제 조금 있으면 새들은 진수성찬인 벌레 새끼들을 먹을 수도 있을 것이다. 봄은 겨울의 어려웠던 것이 무엇이었든 가를 알려주는 계절이다. 늦은 봄에는 나 혼자 보기에는 미안할 만큼 너무나 아름다운 수선화, 난초꽃 등이 핀다.

봄은 대지에 풀을 키워 초식동물을 살찌게 하여 우리 식탁을 풍성하게 하고 이슬을 불러서 꽃 속에 넣어 아름다움을 뽐내라고 도와줄 것이다.

겨우내 살기 위해 몸부림친 세월만큼이나 꽃은 더 화사해져 벌과 나비를 유혹하고 벌은 그저 열심히 겨울 양식을 모으기 시작할 것이다.

어릴 적 봄은 인간에게 생동감을 주며 찾아오는 것 같았는데 기후가 아열대성으로 변하면서 엊그제 온 것 같은 봄은 인사는 커녕 눈도 마주치지 않고 슬그머니 도망하러 간 것 같다.

통감

"통감"이 뭐니?

"그것도 몰라? 야! 그것은 조선총독부 최고 높은 벼슬 이름이야!"

"응? 또 다른 뜻도 있는데?"

"짜식이 아는 척은,"

"통감은 감 한 개를 뜻하는 거야."

쌍방 입씨름은 감 한 개를 보고 통감이라는 시제 이야기로 무승부로 끝났다. 그랬어도 '통감'은 일제 강점기 때 벼슬이라고 하며 친구는 내내 아쉬움을 표했다. 시제란 한 해 동안 조상님들의 덕분으로 농사도 잘 짓고 잘 살았다는 의미로, 그해 지은 농작물로 제사상을 차리고 조상님에게 고맙다는 예의를 지키기 위하여 생긴 제도이다. 이는 조선 시대부터 유교 사상에 의하여 효친 사상을 기리기 위한 덕목이라고 본다.

내가 어릴 적 시제에 따라가면 나는 산지기 또는 서출들로부

터 큰 환대를 받았다. 그저 그들을 어린 나를 보고는

"되린님 되린님."

하며 어린 나에게도 굽실거렸다.

나는 그들이 나에게 왜 그러는지 그 뜻을 전혀 이해하지 못하고 그저 쑥스러워 아버지 뒤로 숨어서 그들을 쳐다보았었다. 시제 음식의 나눔인 한 '몫'을 얻어가려고 많은 동리 아이들은 산소 근처에 서서 시제가 끝나기를 기다리고 있다.

음식이 산소 앞 석상에 차려지면 멍석을 묘 앞에 깔고 촌수가 높은 사람들이 제일 앞에서 서는데 나이가 어려도 촌수가 높으면 앞에서 서서 행사를 진행한다. 그 절하는 자리를 종중에 제일 어른이 일일이 초헌관, 아헌관, 종헌관을 지정해 준다. 어린 나에게도 아버지 뒤 중간 자리가 배정되어 그저 두 손을 마주 잡고 서 있었다. 시제가 시작되면 할아버지가 쌍것들이라고 하는 사람들은 그저 두 손을 마주 잡은 채 허리를 구부리고 산소 옆에 있다가 어른들의 지시가 있으면 즉시 그 지시한 일을 한다.

그런데 시제를 지내기 시작하는데 뒤를 쳐다보니 멍석 안에 양반들보다도 옷도 깨끗한 걸 입고 있는 사람이 있었다. 그는 맨 뒤 멍석 끝에서 절을 할 자리를 배정받았다. 나중에 알고 보니 그는 서출이었다. 시제에서 쌍놈이라는 자들은 일은 독판 하는데도 제사 시에는 절도 못 하게 한다. 서출들은 그래도 제사에 참석하여 멍석 끝이라 다리가 흙이 묻을 수도 있는 자리지만 그래도 절은 할 수가 있었다. 시제가 끝나고 음식을 나누어 먹을 차례인데 어떤 할아버지 한 분이 큰소리를 지르신다.

"야! 네놈이 감히 통감을 먹어?"

하더니 그의 멱살을 잡고는

"서출이라는 게 이래서 못돼 먹은 놈 소리를 듣는 거야"

하더니 그저 느닷없이 그의 뺨을 때리시는 게 아닌가! 응? 통감? 양반의 몫도 통감을 안 주고 반쪽만 가져가는데 서출 중 한 사람이 감을 하나 집어서 혼자 먹는다고 해서 욕을 얻어먹고 귀싸대기를 맞은 것이다. 그래도 그 서출은 찍소리도 못 내고 그저 굽신거렸다. 지금 같으면 아마도 난리가 났을 것이다.

양반과 쌍놈 사이에 있는 서출. 그들은 작은댁(본부인이 아닌 첩이라 불리는 부인,)의 아들들인데 그들이 시제에서 그리 냉대를 받는 것을 본 기억이 난다. 당시에는 서출이라는 게 무슨 소리인지 알지도 못할 때이니 그저 어른들 싸움쯤으로 알았었다.

조선 시대에는 서출은 아무리 똑똑해도 과거 시험을 보러 갈 수가 없었다, 한다. 내가 어릴 적엔 쌍놈이라는 이들의 자식도 학교도 다닐 수 있었다. 양반인 아버지를 둔 서출이라 부르는 분들은 본부인이 낳은 자식보다도 부모로부터 많은 사랑을 받아왔다는 이야기를 들었다. 철옹성 같던 유교 사상이 한발 물러났나 보다. 시제 날은 지금이나 예전이나 같은 음력 10월 초인데 지금은 날씨 변화 때문인지 그리 춥지 않다. 내 어릴 적 당시는 산에 서리가 하얗게 잔디밭에 깔려있고 얼음도 꽁꽁 언 때가 있던 것을 보았다. 입은 옷이 부실해서 추웠는지는 모르겠으나 하여간 모두 덜덜 떨면서 시제를 지낸 것은 사실이다.

그 추운 날 시제가 끝나면 산지기와 종들은 산소 옆에 솥을 걸고 따뜻한 국을 끓이면서 밥과 함께 차려놓는다. 또, 시제 지낸 음식을 참석한 사람 수 대로 그 시제 음식을 은행 몇 알, 대추 두어 개, 지짐이 한쪽 시루떡 조금 말린 상어를 칼로 잘라 조금씩 넣고 사과 반쪽, 배 반쪽, 감 반쪽. 돼지고기 두 아첨. 소고기 한 첨. 다식 등을 마분지에 싸서 가느다란 새끼줄로 매어서 놓는다. 몫을 싸놓는 종이는 신문지도 귀한 시절이니 마분지라는 누런 종이를 사용했다.

그것을 "몫"이라 했다. 시제를 지낸 분들은 시제 음식을 덜덜 떨면서도 뜨거운 국을 후후 불며 먹고 술도 몇 잔씩들 한다. 그리고 집으로 돌아가는 사람들과 한 몫을 얻으려고 지키고 서 있던 아이들까지도 그 싸놓은 "몫" 묶은 것을 한 개씩 나누어 준다. 나도 다른 종중 시제에 가서 그걸 얻어다가 집식구들에게 보이며 한자리에 앉아서 먹었던 생각이 난다.

'쌍놈은 어리대지도 못하는 통감', '서출은 시제 때 통감을 먹어서는 안 되는 시절이었던가 보다.'

옛날엔 왜? 산이 천지인데 감나무가 그리도 없었었나?

80여 년이 지나 지금 생각해보니 삼국시대부터 내려온 유교 사상은 조선 시대에 와서는 아주 그것이 법이 되었다. 유교 사상은 좋은 점도 있지만, 사람들을 많이도 얽매 놓은 사슬이었구나! 그런 생각이 든다.

요즈음 시제를 가면 음식을 비닐봉지에 넣어서 가지고 가라고 해도 거의 시제 지낸 사람들은 그 음식을 안 가지고들 간다. 남은 음식은 처치 곤란이다. 참으로 세월이 많이도 변했다는 생각이 든다. 사람들이 먹고사는 데 지장도 없고 옛날보다는 전부 부자들이 되었기 때문이다.

요즈음 중고등학교 아이들에게 '통감'이 뭐지? 하고 물으면 대부분 아이들은 무엇이라고 대답을 할까?

시제를 지낼 때면 생각나는 통감. 그런 있었던 일이 지금은 다 옛이야기로 들어가 버렸다.

요양원에 입원한 부모

사람이 태어나서 가장 좋은 것은 건강하게 오래 사는 것이다. 건강하게 오래 사는 사람을 보면 그는 알맞은 경제 환경에서 무리하지 않고 욕심을 버리며 적당한 운동을 하였던 사람이다. 그것은 스스로 받은 축복이다. 그래도 인간은 한계 수명이 있다. 늙은 부모는 요양원으로 고려장을 당할 생각을 가져야 한다. 그리고 후회 없이 지구를 떠날 준비를 착착해야 한다. 요즈음의 고려장은 바로 요양원에 팽개쳐진 병들은 노인들이다.

처녀와 총각이 결혼하고 부부가 되면 아기를 갖게 된다. 딸을 낳으면 살림 밑천이라며 축하 아닌 위로의 말을 하고, 아들을 낳으면 대를 이을 자식이라며 축하를 해 준다.

또한, 딸을 낳으면 비행기를 타고, 아들을 낳으면 쪽박을 찬다고 하기도 했다.

왜? 이런 말이 나왔을까? 유교 사상은 여자는 사람으로 취급도 안 하고 족보에도 이름을 안 올렸다. 그저 그에 시조 이름이

든 족보에 태어난 종중에 00 씨만 적혀있다. 그러던 것이 2000년도에 들어서고 우리나라가 잘살게 되자. 아이러니하게도 여자들이 상전이 되고 남자들은 하인이 되어 남존여비가 아니라 여존남비가 되었다.

우리나라는 삼국시대부터 대대로 자식 교육을 유교 사상으로 가르쳐 왔다.

그중에서 삼강오륜은 우리가 살아가는 데 꼭 필요한 것을 가르치는 기본이었다. 그런데 우리나라가 부강해지니 삼강오륜이라는 교육은 밀려나고 인격 타령을 하며, 각 개인주의가 판을 친다. 아들과 딸은 부모가 봉인 것으로 알고 금수저, 은수저 타령을 하고, 돈 없는 부모를 우습게 안다.

사람은 누가 뭐래도 동물이다. 인격을 갖추면 인간이 되지만 인격을 갖추지 못한 자는 동물에 가깝다. 올바로 가르치지 않는 교육은 사회와 인간을 망치는 데 일조를 하고 있다. 아들이 부모를 때리고 학대한다는 이야기는 들어 봤어도, 딸이 부모를 때리고 학대했다는 이야기는 못 들어본 것 같다.

사람들은 아들과 딸의 그 실체를 구분하지 못하며, 그저 수박 겉핥기식으로 딸을 살림 밑천이라고 하고, 아들은 대를 이어간다며 모든 재산을 아들에게 주고서는 쪽박을 찬다고 한다.

내가 아는 분 중에 요양 병원 원장을 하는 분이 있다.

그분과 자주 만나다 보니 요양 생활을 하는 분들의 이야기를 자주 듣게 됐다.

남자 노인이 요양원에 있으면 찾아오는 자식들을 체크 해보니 자주 아버지를 찾는 사람은 90%가 딸들이란다. 아들이 자주 오는 경우는 드물며 입원한 요양원 부모의 아들이 방문하는 것을 조사해보니 10% 미만이라고 한다.

왜? 그럴까? 요양원 원장님의 말을 빌리면, 아들은 자식을 뱃속으로 낳지 않는 사람이고, 딸은 자기 뱃속으로 자식을 낳고 키워보니 부모가 됐다는 게 얼마나 힘든지를 알지만, 아들은 그런 경험을 안 해보았기에 부모에 대하여 애틋하고 고마운 마음을 모르는 그런 마음이 깔려있기에 이란다.

부모들은 그 원인을 알지 못하고 전 재산을 거의 아들에게 다 주다시피 하고서도 찾아오지 않는 아들을 보고 싶어 하고 그리워하다가도 욕을 해대기도 한단다.

내가 바보구나. 바보 같은 짓을 하고 살아왔구나! 이런 생각을 가졌을 때는 이미 때는 늦으리라고 한다.

더 큰 문제는 요양원에 입원시켜 놓고는 부모 재산은 어떤 수단을 써서든 다 빼앗고 입원비조차도 안 내고 죽어도 시신조차 가져가지 않으려 한다는 자식들이 있다는 것이다. 아마도 수십 년 전에 그런 일이 있다면 그의 자식들은 동리에서 몰매를 맞든지 쫓겨났을 것이다.

한 가지 더 기가 막힐 일이 있다면

"누가 낳아달라고 했나요? 낳았으면 낳은 사람이 자식을 잘 살게 해줘야 하는 게 아닌가요?"

하는 사람도 있단다. 공자 맹자가 땅을 치고 울 일이 생긴 것이다.

그것이 다 교육을 잘못시키고 있는 학교도 문제이고 부모도 자식도 다 문제이다.

지금의 부모는 어떻게 해서든 아무리 자식이 애원해도 자식에게 전 재산을 물려주지 말아야 할 것이라고 원장님은 말씀하신다. 죽으면 가져가라! 해야 똑똑한 사람이 되는 것이고 미리 주면 "낙동강 오리알"이 된단다.

낙동강 오리알 떨어진다는 이 속담의 유래는 6·25 때 1950년 8월 4일 낙동강에 최후의 방어선을 펴고 있던 국군 제1사단 12연대 11중대 앞에서 인민군이 낙동강을 건너기 위해 필사적인 도하를 시작했다. 그때 유엔 항공기가 네이팜 탄을 퍼부어 적진지를 불바다로 만들었다. 적이 쓰러지는 모습을 바라보던 11중대장은 "야! 낙동강에 오리알 떨어진다."라고 외쳤다. 이후 그 표현은 국군이 인민군을 조롱하는 단어로 사용되었다. 오리알은 부화하면 살아서 날아간다. 그러나 물에 떨어지면 알은 썩어버리거나 다 동물의 먹이가 되기 때문에 쓸모가 없어진다. 그래서 바보 같은 사람을 보고 조롱하는 말이 됐었다.라고 한다.

나는 과연 요양원이라는 곳을 가서 생을 마감할 것인가? 생각해볼 문제이다.

인생 그리고 죽음

오늘 TV에 보니 104살 먹은 노인이 손녀와 안락사를 하기 위해 휠체어를 타고 가면서 마지막 말을 남기는 걸 보았다. "베토벤 교향곡 9번"을 들으며 생을 마감하고 싶다고 한다.

죽는 날까지 자국의 법을 존중하여 안락사가 허용되는 스위스로 손녀와 함께 휠체어를 타고 떠나면서 눈에는 눈물이 가득해 보인다.

일 세기가 넘는 생을 살면서 유언으로 남기는 그 말씀은 내가 처제한테 부탁했던 말이 생각나게 했다. 10여 년 전 심근경색이 뭔지도 모르고 살았는데 그게 나를 습격했다.

"처제는 젊으니 오래 살겠지만 나는 언제 어떻게 죽을지 몰라. 그러니 내가 처제한테 부탁 하나 할 게 처제보다 먼저 죽을 게 확률이 높으니 내가 임종이 가까워지면 내 옆에다 카세트테이프를 틀어줘. 곡목은 베토벤의 교향곡 9번 '운명'이면 좋고. 그게 안 되면 차중락이 부른 "낙엽 따라 가버린 사람" 그 노래를 들려줘."

아내가 옆에 있는데 처제한테 그런 부탁을 했다. 그리고

"죽었다고 울지들 말라고 해, 인생은 태어나면 누구든 죽는 거야. 묘에다 유골을 묻고서도 그 음악을 틀어줘."

내가 태어나 살면서 죽을 고비를 넘긴 것은 한두 번이 아니다. 1968년에는 월남 파병 시 나트랑에서 내려 소속 부대인 9사단 백마부대로 트럭을 타고 가다가 어느 지점에서인지 연발총 소리가 들려서 몸을 낮추고 그곳을 벗어났다. 지상에서는 헬기가 엄호하는데도 베트콩이 숨어서 공격하고는 어디론가 사라져 버린 것이다. 월남전 종전이 된 후에 안 사실이지만 그들은 굴속에서 나와 공격을 하고는 굴속으로 도망을 하니 아무리 헬기가 엄호해도 아마 찾을 수가 없었을 것이다. 막사에서 식사 중 베트콩의 박격포가 떨어져 사상자가 발생 시 나는 무사했다. 다녀와서는 고엽제에 시달렸다.

1993년도에는 아버지 산소 벌초를 하다가 뇌졸중으로 쓰러져 있는 것을 매제가 달려와서 충북대병원 응급실로 데리고 갔다. 그것은 고엽제 후유증에 속하는 병이었다. 병원에 가서도 나는 의식이 가물가물했다. 얼마나 시간이 갔는지는 모르나 여동생 목소리가 들렸다.

"여기 봐 오빠 얼굴이 살아났어."

눈을 뜨고 보니 친척들이 침상 옆을 지키고 있다. 또한, 2008년도에는 심근경색으로 구급차를 타고 삼성병원에 심장 시술을

하고 살아났다. 그 시술 후에도 후유증으로 몇 번인가를 삼성 병원 신세를 졌다. 그런 상황을 겪은 후에 아내와 처제가 있는 데서 내가 부탁을 한 말이다.

나는 1990년에 백모님이 돌아가셨다고 하여 부랴부랴 차를 타고 가서 보니 아직 돌아가시지는 않고 누워계신다. 다시 깨어나셨단다. 사촌이 21명이나 되고 친척들이 모두 모이니 밤을 지새울 곳도 마땅치가 않아 마당에 차일(천막)을 치고 마당에서 친척들과 꼬박 새우며 지켜도 그날 돌아가시지는 않았다. 호상이라며 심한 농담도 스스럼없이 나온다. 그리 하룻저녁을 보냈는데도 이상이 없어 다들 집으로 갔다. 그런데 삼 일 후에 또 돌아가셨다고 또 연락이 왔다. 전 친척들이 또 비상이 걸렸다. 전부들 모여들었다. 가서 본 사람들이

"아니 아직 안 돌아가셨잖아?"

"아까 돌아가셨었어."

상주가 될 사촌 형님이 변명 아닌 변명을 했다. 그래서 다시 모두들 원위치. 백부님은 한약방을 경영하시던 분이시다.

사람들은 한의학 박사는 저리 가라는 듯 백모님이 보약을 너무 많이 드셔서 그렇다며 결론을 내렸다. 장난기 많은 한 사람이

"뭐? 보약을 많이 먹으면 안 죽어? 별 개똥 같은 소리 다 하네 보약을 100첩을 먹고 쥐약을 먹어봐라. 안 죽나."

그래서 개똥철학은 철퇴를 맞았다. 그 동네 농담꾼들이

"아니? 그러나 저러나 왜 안 죽는 거야? 참으로 이상하네."

그러기를 15일 만에 진짜 운명하셨다. 죽으려는 사람을 두고 빨리 죽기를 바라는 심정은 무엇일까? 악취미인가? 오래 사니 샘이 나서인가?

백모님은 나의 아버지보다도 열 살이 더 많으셨다. 그러나 나의 아버지는 1975년 11월에 65세를 일기로 돌아가셨다. 나의 백모님은 90세로 1990년도 돌아가셨으니 당시로서는 그 일대 동리에서 최고로 장수하셨다고 한다.

맏상제는 지쳐서 눈이 헤 멀게져서 누가 누구인지 분간도 잘 못 한다. 밀려오는 손님들과 한잔 한 잔 한 것이 15일 동안 연속이었으니 비몽사몽간이었을 것 같다. 그저 조카한테도

"오셨어요?"

하며 꾸벅 인사를 한다. 정신이 거의 나간 상태다.

이렇게 자손들을 힘들게 하고 가는 그것보다는 안락사가 더 좋을지도 모른다.

지금까지 내가 초상집을 가본 것은 아마 셀 수가 없을 정도로 많을 것이다. 가서 고인의 이야기를 묻고 고생은 안 하시고 돌아가셨는지는 고정적으로 물어보는 일 순위의 말이다. 사람이 살다가는 언젠가는 죽는다. 임종을 앞뒀다고 생각하며 마지막 말을 남기는 사람은 행복한 사람일 것만 같다. 나이를 먹으면 귀가 잘 안 들린다. 눈이 침침해진다. 입맛이 떨어진다. 그리고는 침대에 누워서 종일 자는 시간이 더 많다.

성현들은 귀가 잘 안 들리는 것은 이제 실컷 세상사를 귀가 아프도록 들었으니 그만 들어도 될 그것이라는 조물주의 결정이고, 눈이 잘 안 보이는 것은 살아생전 볼 것 못 볼 것 다 보았으니 이제는 그만 봐도 된다는 뜻에서 같고, 입맛이 떨어지는 것도 사는 동안 별것 다 먹어보았으니 이젠 그만 먹어도 된다는 신호일 것이며 침대에서 누워서 잠을 제일 많이 자는 것은 미리 땅에 들어가기 전 죽는 연습을 하는 것이라고 했다. 인생은 고해(苦海)라 아니했던가? 요즈음 사람들은 병원에서 죽을 시간을 기다리느니 차라리 장기를 기증하고 안락사를 신청하는 사람이 늘고 있다. 그것은 살신성인이니 좋은 현상이다.

인명은 재천이라는 말이 있다. 마음대로 안 되는 게 人生 그리고 죽음인가 보다.

4부

행복의 조건

기타의 추억

인간의 수명

새끼 거지

삼 대째 종 이들

명상과 주술사

아킬레스건

불교에 한 종파에 미이라는 무엇인가

행복의 조건

기타의 추억

“이 노음” 아버지께서 벽력같은 소리를 지르신다. 밖이 훤히 보이는 변소에서 밖을 빤히 보니, 아버지께서 싸리 대빗자루를 들고서 변소 쪽으로 오신다. ‘아이고 큰일 났다’ 도망쳐봤자 부처님 손바닥일 것 같은데! 그래도 하여간 튀고 보려고 너무 급히 일어서다가 중심을 못 잡고 한쪽 변소 널빤지가 기우뚱하며 쓰러지자 앉아 있던 빈사과 궤짝도 변소 흙바닥으로 둥글렀다. 기타를 변소 옆에 두고 급히 뛰쳐나오다가 똥오줌이 튀어 옷과 손에 조금 묻었다. 똥 묻은 자식을 내려칠 수도 없고 그걸 쳐다보던 아버지는 멍하니 서 계신다. 옳지! 이때다! 도망가는 게 우선이다. 무술 중에는 삼십육계가 최고라 안 했던가?

그 귀하고 귀한 기타가 변소 바닥에 쓰러지며 “날 살려라” 딩 소리를 해도 뒤돌아볼 여유가 없다!

싸리 대 빗자루 몽둥이를 들은 아버지를 일단은 피해야 했다.

하느님이 보우하사, 한 대도 안 맞고 겨우 탈출했다.

당시는 변소라고 했지, 화장실이라고는 안 불렀다. 대소변은 동사무소에 신고하면 똥차가 와서 퍼간다, 그 양에 따라 돈을 주는데. 신고해도 좀 늦게 변을 퍼가는 일이 자주 있다.

평생 잊지 못할 그 날도 대소변이 가득 차서 넘쳐흐른 똥오줌이 바닥에까지 거의 올라와 질척했었다, 그러니 빈 사과 궤짝이 필요했다.

다닥다닥 양철집들이 붙어있는 청주 시내 석교동 우리 집(지금의 육거리시장 중심 부분) 재래식 변소에 들어가면 그 지독한 냄새가 코를 찌른다. 화장실이 아니고 변소다. 아버지 호령 때문에 어디 숨어서 기타 칠 마땅한 장소가 없었다. 나무로 된 빈 사과 상자를 변소 안에 갖다 놓고 앉아서 기타를 배웠다.

그곳엘 들어가면 처음엔 숨쉬기도 쉽지 않다. 그래도 감수하고 앉아서 있다 보면 그 냄새는 어디로 갔는지도 모른다.

기타를 끌어안고 노래를 부르며 치다가 아버지한테 들킨 것이다.

삼십육계를 놓는 아들 뒤통수에다 대고 소리소리 지르신다.

"이놈아! 기타 좀 치지 말라고 했지. 내가 뭐랬어! 그거 하면 딴따라 된다고 하지 말라고 했잖아. 왜 말을 안 듣는 거야."

소리소리 지르신다. 밖으로 나와서도 기타가 무사할까? 그게 걱정이 태산이다.

가족이 저녁을 먹으면서 변소에서 기타를 치다가 아버지한테 들켜서 내빼다가 자빠져 옷에 똥칠을 하고 도망하였다고 그 이

야기가 화제에 오르면서 전부가 배꼽을 쥐고 웃었다. 여동생이

"어이구 오빠. 기타가 그렇게도 좋아."

하며 놀려댄다. 나는 큰 잘못을 저지른 것 같아 찍소리도 못했다.

그랬다! 나는 '별난 사람' 사람으로 낙인찍혔다.

나는 어릴 적 살던 동리의 작은 동산에 올라가 보면 밤하늘이 참 좋았다. 큰 별. 작은 별이 너무도 신기해서 밤늦도록 별구경을 하면서 노래를 부르는 걸 좋아했다. 시간 가는 줄도 모르고 12시가 넘을 때가 종종 있었다. 초등학교 시절 꿈은 가수가 되고 싶었다. 민요를 하는 사람들 목에서 피가 날 정도로 소리를 질러야 목이 트여 민요를 잘 부를 수 있다는 이야기를 듣고 나도 목이 터지라 산에서 노래를 불러댔다. 그런데 시내로 이사를 오자 노래를 부를 곳이 없어져 버렸다.

꼬깃꼬깃 뭉쳐서 감춰뒀든 돈을 합치고 어머니에게도 말씀드려서 그 꿈에도 갖고 싶었던 기타를 샀다. 그런데 그것을 연주할 만한 장소가 없었다.

아버지는 정말 안 된다고 해도 나는 시간 나는 대로 몰래 학원도 다니며 연습을 하기 시작했는데 너무나 재미가 있다. 시간만 있으면 기타를 끌어안고 사니 아버지의 뜻을 거스르는 일이 된 것이다. 나는 '음악, 그게 정말 좋았다.'

음악에 심취하다 보니 군대에서는 군악대에 있었고 월남에서

는 군예대에서 활동하다 귀국했다. 음악을 하는 바람에 전쟁터에서 죽지 않고 살아온 것 같기도 하다. 열심히 기타나 색소폰을 연주했기에 그것을 직업으로 삼아도 될 실력이라 믿었다. 부산 나이트클럽 악단에서 주급을 받는 군악대 선배가 있어서 귀국 후, 연락을 하고 부산으로 취업을 하러 갔다.

둘은 너무나 반가웠다. 네온사인 또 화려하고 밝은 곳에서 악단원들이 연주하는 것을 보고 나도 그렇게 하며 살고 싶었다. 그 선배는 이틀 동안을 나를 최고로 환대해 주고는 깡통을 차더라도 악단 생활은 하지 말란다. 왜 그런가를 설명하는데 그 선배의 이유 있는 설명은 내가 음악을 포기하게 하는 데 일조를 했다. 돈은 많이 받는데 그 돈은 여자들에게 전부 쓰게 되고 가정을 가질 수가 없단다. 이야기가 딱 맞는다고 생각했다. 그 선배의 말에 감동하고는 좋아했던 색소폰, 기타에서 담배를 끊듯 하루아침에 음악에서 손을 뗐다. 아버지는 우격다짐으로 음악을 못 하게 했지만, 선배는 자초지종을 설명하며 연주를 주로 하는 음악은 안 하는 게 좋다고 설명을 하여 나는 그날부터 기타나 색소폰을 연주하지 않기로 했다. 내가 악단원이 되었더라면 어떤 삶을 살고 있었을까? 별난 인생을 살아온 나는 손자가 기타를 치는 것을 보면 지난날이 생각이 난다.

아버지 세대에 사람들은 왜? 딴따라라며 음악을 하는 사람을 무시했을까? 삶이란 시시각각 변하는 것이다. 미래는 한 치 앞도 알 수가 없다.

그런 시간을 겪어본 나는 자식들에게 네 생각대로 살아라. 다만 생각하고 후회 안 할 삶을 살아라. 이렇게 이야기한다.

인간의 수명

성서에 보면 사람은 약 900여 년을 살았다고 나온다. 그것이 사실일까?

1947년 7월 미국 멕시코주 로즈웰에서 있었던 UFO 추락 사건에서 외계인을 간호한 '마틸다 오다넬 맥굴로이' 상사가 쓴 것을 2017년 히스토리가 방영한 기록을 보면 그 외계인의 이름은 '에어럴'이며 그가 말하기는 지구의 처음 인간의 수명은 약 1천 년이었다고 증언했다.

성서와도 일치하는 대목이다.

미국 군 당국이 철저한 보안 속에 로즈웰 사건을 공식적으로 발표한 것은 UFO가 기상 관측 위성이 추락한 그것이라고 했다. 그것은 UFO를 발표하지 않으려는 군 당국의 통제인지는 모르지만, 그 현장을 목격한 사람의 증언은 너무나 많았다.

외계인인 '에어럴'은 UFO는 벼락에 맞아서 추락했다고 했으며 두 대 중 한 대는 멀쩡하여 그 속에서 나온 외계인 '에어럴이

군 당국에 의하여 체포되었고. 다른 한 대에 탑승했던 외계인 두 명은 현장에서 죽었다고 했다

그리고 그 '에어럴'이라는 외계인은 CIA에서 전기의자에 앉혀서 죽게 했다고 했으나 그는 육체만 죽었지, 영혼은 살아서 다른 별로 이동하고 간호사인 마틸다와 텔레파시로 한동안 이야기를 주고받고 있었다고 나온다.

'에어럴'은 자신은 불사신이며 죽지 않는다고 말했다고 간호사가 본인이 쓴 책에서 언급했다고 했다. 군 당국은 그 간호사가 쓴 책도 발간 못 하게 했는데 간호사는 60년여가 지난 다음 2007년에 그가 쓴 책을 전격적으로 발표해 버렸다.

'에어럴'은 군 당국의 조사에는 일절 응하지 않았으며 처음에는 너무 친절하게 대해주는 간호사와 텔레파시로 이야기하다가 간호사가 영어를 가르치자 일주일 만에 영어로 대화를 했다고 한다. 젊을 때의 그 간호사의 사진과 아주 늙은 모습의 간호사 사진도 인쇄되어 있었다.

지금쯤 아마 그 간호사는 90세가 넘었을 듯하니 죽지 않았을까? 생각한다.

외계인은 정말 있을까? 소설일까?

2000년대 지금 지구인들의 수명이 많이 늘어 110세~120세까지 사는 사람도 있다.

1800년대 나는 종중의 족보 파보를 다시 만들기 위하여 조사해보니 1800년대의 우리 조상님의 평균 나이는 45세 정도였다.

그리고 여자분들을 조사 해보니 평균 30세도 안 된다.

이상하여 다른 종중도 그러한가 물어보니 그 종중도 거의 마찬가지라고 한다.

왜 인간의 수명이 그리 줄어든 것일까?

남자들은 식생활 문제와 질병 문제가 그렇게 수명을 단축한 것 같고, 여자들은 비위생적인 환경에서의 출산에서 일어난 일이 맞을 거라고 이구동성으로 이야기한다.

2000년 전 900살 가량을 살던 인간이 어찌 그리 수명이 단축되었을까?

그 당시에는 질병 자체가 없었고 먹을 것이 풍족해서라면 이해가 되는 부분이기도 하지만 1800년을 내려오면서 인간의 수명이 단축된 것은 성서에 기록된 대로라면 사실일 것이다.

그 시기는 언제부터일까? 1800년대라면 고려 시대를 지나 우리나라는 조선 시대다. 오래 못 산 이유는 아마도 먹고사는 것과 각종 질병의 만연이 한몫하지 않았나 생각해본다.

인류학자들이 연구하고 발표한 내용을 보면 구석기 시대에도 50세를 넘기지 못한 것으로 추정하고 있다.

지금의 과학 기술은 발달하여서 백만 년 전의 인간이 동물성 식품을 먹었는지 식물성 식품을 먹었는지 조개만 먹고 살았는지 치아의 나이테를 분석하면 다 알 수가 있게 되었다.

인간이 수명을 연장하는 데는 식품 섭취가 단연 으뜸이었다.

동식물을 먹어서 영양분을 공급해야만 사람이 살 수 있는 것 아닌가?

과학의 발달은 인간의 게놈 지도를 완성하고 수명의 비밀은 미토콘드리아의 끝부분 Telomare의 크기에 있다는 것을 알아냈다. 수명을 늘리려면 Telomare의 그 크기를 조절하면 되니 그 조절기술을 학자들이 연구 중이다. 또한, 유전일 수 있는 암 등 모든 질병을 모체 DNA에서 미리 찾아내서 그것을 잘라내고 자식을 낳으면 그 병은 유전되지 않는다고 한다.

너무 오래 살아도 현세대에는 문제일 수도 있다고 본다.

장수만이 인류 문제를 해결해 주지는 않을 것 같지만 지금 태어나는 아이들은 질병에서 해방될 날이 머지않은 것만은 사실일 것이다.

그래서 지금 태어나는 아이들의 수명은 아마도 150세를 넘길 시간은 바로 올 것 같다. 그것은 인간의 수명을 결정하는 미토콘드리아의 Telomare를 조정할 수 있는 기술이 바로 이루어질 것 같기에 이다. 그러니 120세라고 하는 것은 최하의 인간 수명을 이야기하는 것이다.

오래 살려고 발버둥 치지 말고 오늘을 행복하다고 느끼며 사는 것이 인간 수명이 늘어나는 것보다 나을 것 같기도 한데. 뭇 사람들은 어떤 생각을 가지고 살까?

새끼 거지

화창한 5월의 날씨는 계절의 왕답게 구름 한 점 없이 맑다. 겨울옷을 벗어 던지고 운동을 하러 충북대학교 운동장을 향했다. 대학을 가로지르는 중간의 큰 도로에는 이팝나무에 꽃이 만개했다.

이팝나무 아래에서 사진을 몇 장 찍고서는 이팝! 하니, 새끼 거지가 생각났다. 아침이면 매일 밥을 얻으러 오던 그 새끼 거지는 어머니가 먹던 보리밥을 그가 가지고 다니는 통에 넣어주자.

"이팝 한번 실컷 먹어보았으면 한이 없겠어유."

이북에서 6·25 때 청주로 피난 와서 낳은 아이라 그런지 충청도 사투리 '유' 자가 붙었다.

우리 집에서 그리 멀리 떨어져 있지 않은 거지들의 천막 그곳엔 타인들은 얼씬거리지 않는다. 왜 그런지 천막이 처져 있는 그곳은 고약한 냄새가 났다.

6·25 때 이북에서 피난 온 사람들이 거처하는 그곳엔 여러 가족이 한 천막에서 잠을 자고 밥을 얻어다가 먹고들 살았다.

그곳에 사는 한 오십은 돼 보이는 여자는 피난 오다가 다쳤는지 다리를 절며 아침마다 동리 부근을 다니며 밥을 얻으러 다녔다.

"밥 좀 줘요."

하는데 그 말도 더듬거리며 한다. 우리 집은 그들이 아침 끼니때면 매일 들리는 코스이다. 밥을 얻으러 다녀도 부지런해야지 밥때가 지나서 가면 그들은 국물조차도 얻어갈 게 없다.

내가 어릴 적이지만 그 여자가 불쌍하다는 생각이 들었다. 어느 날 그 여인을 자세히 보니 배가 뚱뚱하다. 추우니까. 배를 이것저것으로 감싸 뚱뚱한 줄로만 알았다.

그렇게 수년이 지난 후 다섯 살이나 돼 보이는 남자아이가 그 여인을 쫓아다니기 시작했다. 지나고 보니 그 여자는 그 남자아이를 가진 것이었다. 그러다가 언젠가부터 그 여인은 보이지 않고 그 남자아이가 깡통을 들고 밥을 얻으러 다닌다. 그 사실을 알고 보니 그 애의 어머니가 아파서 밥을 얻으러 다니지 못하자, 그 아이가 어머니를 봉양하기 위해 밥을 얻으러 다닌 것이었다.

어머니는 그 애가 불쌍하다며 그의 동냥 밥통에 한 숟갈이라도 먹던 밥을 더 퍼 넣어주었다. 사람들은 그 애를 새끼 거지라고 불렀다. 초등학교라도 갈 나이인데….

수십 년이 지난 지금 뒤돌아보니 그 새끼 거지라는 애가 살아 있다면 70살이 넘었을 것 같다. 그의 생활이 어땠는지 참으로 궁금하다. 그가 어릴 적 보고 자란 것은 오직 하루를 살기 위하여 밥을 얻으러 다니고 그걸 먹고는 무엇을 했을까? 한글이라도 누가 가르쳐 줬을까? 그 새끼 거지는 각설이가 되어 사람의 심금을 울려주는 노랠 부르며 먹을 것 또는 엽전을 구걸하고 다녔을까?

그리고 그 애 아버지는 누구일까? 그 장애인 여인을 상(交接)을 한 남자는 과연 누구일까? 그 여인이 옆에만 와도 정말로 역한 냄새가 많이도 났었다. 같이 있으면 그 냄새가 안 나는 것일까? 그래서 그 여인이 여자로 보였을까? 상을 하고 애가 생겼으면 그들을 식구로 생각하여 밥이라도 얻어다 먹여야 할 것이 아닌가?

나도 어렸을 적엔 하얀 쌀밥을 먹는 날은 제사를 지내는 날이었다. 제사는 꼭 자시(12시)가 되면 사람들은 밖으로 나가서 수세를 하고 들어와 제사상을 차린다. 그 시간을 기다리다 침을 꼴깍 삼키며 언제 잠이 들었는지도 모르게 잠이 들었든 적도 여러 번 있었다. 흰 쌀밥을 한 숟갈 푹 퍼서 입에 넣고 그 짭조름한 조기 국물을 찍어서 깨물면 세상에 그렇게 맛있는 것은 없었다. 어떨 때는 꿈에서 그 흰 쌀밥을 먹어본 적도 있었다. 나도 어릴 적엔 그리 흰 쌀밥이 먹고 싶었는데…. 그 새끼 거지

"이팝 한번 실컷 먹어보았으면 한이 없겠어유."

그는 당시에 얼마나 이팝이라는 쌀밥이 먹고 싶었을까! 시간을 되돌릴 수만 있다면 그 애에게 이팝을 꼭 한번 먹여주고 싶다.

- 이팝나무 아래서

삼 대째 종 아들

1971년 늦가을 이제는 겨울로 들어서는 문턱이다. 강서동 00 종중 재실 집 대청에는 그날 조상님들에게 시제를 드리기 위해 전날부터 전문 제사상 고임인 들을 고용하여 정성 들여 만든 제물 위에 먼지라도 앉을까 봐 한지를 덮어놓고 있었다. 나는 군대를 제대하고 아버지와 처음 시제에 참석했다. 종인들은 시제를 드리기 위해 속속 모여드는데 나이가 35세는 되어 보이는 노총각이 방문을 열고 나오는데 머리는 언제 깎았는지도 모를 그런 모양이었다. 꾀죄죄한 옷에는 허리띠도 안 매 아랫도리가 흘러내려 밑천이 보일 정도였다. 술에 만취한 듯한 그는 한 손으로는 바지를 잡고는 대청마루에 정성 들여 만든 제물 위에 하얀 한지로 덮인 곳에다 오줌을 내갈긴다. 기액이라 불리는 우리 종중의 삼대째 종이라는 사람 아들이다. 내가 대여섯 살 때 보았던 그 종이었다. 비틀대며 하는 짓을 본 어른들이 싸리 빗자루를 들고는 사정없이 갈겨도 그 뭇매를 맞으면서도 죽이려면 죽이라고 하며 버티던 그 종 아들. 그 떠꺼머리총각을 잊지는 않았었다. 그는 '씨발씨발' 하며 헤헤 웃기만 한다. 그리고는 방으로 들어가 누워 버린다. 그의 아버지인 기액이라는 종도 할 말을 잊고 그저 저를 죽여 주십시오. 얼굴은 일그러져 울상이 되어 재실 집 마당에 엎어져 죽여 주십시오 하는 자세로 머리를 땅에 박고 있었다. 시제를 지내기 위해 온 집안사람들은 난리가 났다. 제물을 다시 만들어야 하는데 준비한 것은 모자랄 터이고….

내가 월남전 참전 후에 귀국하여 아버지를 따라 시제를 드리러 갔을 때 당시에 재실 시제 준비 풍경이었다.

시제를 지낼 제물에 오줌을 설설 갈기던 종의 아들 그 주정꾼이 문제였다. 그는 중학교라도 다녔으니 들은 풍월이 있었던 모양이다. 1985년도 그는 자기네 3대가 종살이를 했으니 종중에 2억 원을 달라고 요구했다. 연실 행패이니 집안 어른들도 지쳤다. 그가 요구하는 만큼은 아니라도 해주기로 결의를 하고 거금을 해준 것으로 안다. 한편 생각해보면 그 마지막 종은 현명한 자였다. 그 뭇매를 맞으면서도 자기의 권리를 행사할 줄 알았으니….

언제부터 우리 종중 집안에 종살이하는 사람이 있었는지는 조부님도 모르신다.

이름이 기액이라는 사람과 기억나지 않는 한 사람. 그 두 사람은 그의 가족과 함께 우리 종중 일을 해주며 농사를 지어 먹고 살고 있었다. 내가 초등학교 입학도 안 했을 시 종중의 재실이라는 곳을 가 보면 그 두 분은 그곳에서 생활하며 온 집안의 대소사가 있을 시 부고 연락책, 마당 쓸기, 종중전답 농사짓기, 제사 준비하기 그들은 그리 힘든 일을 그저 종중 어른들이 일을 시키면 그대로 하였으며. 반대하는 일은 아예 없는 그것으로 보였다. 당시 내가 처음 본 그 기액이라는 노인분의 큰아들은 중학생인 것 같았다. 어린아이인 나에게도 그 노인은 허리를 90도 구부리고 날 보고는 "되린님"이라 칭하며 무슨 얘기나 지시를 기다리는지 허리는 구부린 채 두 손을 잡고 잠시 내 앞에 서서 기다리신다. 그 당시 나는 그들이 왜? 그러는지를 이해하지 못했다. 시제 날만 되면 가는 재실 집에서 어른들이 또는 아이들조차도 그를 기액아! 하며 부르면 그는 그저 "예" 분부를 기다리는 그런 자세였다. 허리는 구부러져 펴지지도 않는지 그저 땅만 쳐다보고 다닌다. 종살이에서는 종원을 보기만 하면 구부리고 서 있어야 하는 게 습관이 돼서 구부러졌는지 허리는 항시 90도로 구부러져 있다. 내가 6살 때 보고는 초등학교에 다니기 위하여 청주 시내로 이사를 오게 되고부터는 그분을 본 적은 없다. 언제 죽었는지도 모른다.

인격이라는 이름으로 인간은 똑같다. 왜? 종이라는 사람이 생겼을까? 아마 종이라는 것은 인간이 인간을 통치하기 전부터 있었던 것 같기도 하다. 먹고살기 힘들어 자기 먹을 것도 만들지 못할 때. 부(富)를 가진 자가 먹여만 주는 조건으로 사람들을 집안에 들이고 농사일이며 잡일을 시켰던 사람도 있었겠지만 대대로 종으로 우리 종중에 있던 사람도 있다. 조부님께서는 그를 "하인"이라고 호칭하셨다.

싸워서 이긴 장수에게 내리던 인간 하사품(종)이라면 우리 11대 조부님이 조선 시대에 병조판서를 하셨으니, 정부로 하사받은 종일 수도 있으리라 생각한다.

또는 삼정승 6 판서라는 고위 공직자들이 정권을 차지하고 임금으로부터 받은 잔칫상 중의 하나가 종을 하사받는 일일 것이다.

종 하사 그것이 영화 뿌리같이 흑인을 강제로 잡아다가 노예시장에 판 것은 아니래도 종들의 생활은 정말 고단했다고 본다.

늙은이들에게 젊음을 만드는 것이라며 또는 효도라며 시집도 안 간 종의 딸 처녀를 노인 방에 들여 밀어 성관계를 시킨 그런 것들은 양반들에게는 불편한 진실이었을 것이다. 양반과 상놈제도 종은 종으로서만 살아야 했다.

인도에는 인간이 태어나면서부터 네 계급 제도가 있듯이. 우리도 한때는 그렇게 한 종족 중의 일원이 아닌가?

요즈음 아이들에게 보리밥도 없어서 못 먹을 때가 있다고 하면 "라면"이라면 사다 먹으면 되잖아! 한다. 그거나 내가 생각했던 것이나 마찬가지라는 것을 깨닫기까지에는 오십 줄에 들어서이다.

내가 어느 정도의 부를 취하고서는 가난한 자들을 이해 못 했었다. 왜? 내 생각에는 먹을 것이 없으면 산이 천지인데 호박이라도 심고 뭐라도 심어서 시장에 팔든지 하면 될 것이 아닌가? 하지만 속을 들여다보니 이해를 하기 시작했다.

옛 양반 중 힘 있는 양반은 땅 번지도 제대로 정리가 안 됐을 시

"저 앞산은 내 거야!"

하면 종들이 누구도 못 들어가게 그걸 지켰다. 그 힘 있는 집에는 종들이 십여 명도 넘은 집이 많았다고 한다. 그들이 자기 것이라고 하는 산에 들어갔다가는 그 권세 있는 양반 종들에게 붙들려 마당에 꿇려 뭇매를 맞았다.'라는 사실을 몰랐기에 이다. 그러니 가난한 자들은 먹고 살길이 막막했을 것 같다.

그래서 아무도 들어가지 못하는 곳엘 들어가 사는 화전민이 생겼다. 그곳은 양반들의 통제 구역 밖이었으니까! 화전민들의 삶 그들이 어찌 살았는지가 나는 너무나 궁금했다. 나는 말로만 듣던 그곳을 한번 가볼 기회가 있었다. 보은 속리산 반대편 꼭대기 산 아래서부터 길도 없는 산을 세 시간도 더 걸려서 현장 답사를 하는데 산 정상까지 가서야 그 화전민의 생활을 상상할 수 있었다. 20여 세대가 살았을 것으로 추정되는 집은 흙벽돌 무더기만 여기저기 있고 산꼭대기에서 나오는 물은 청정수였다. 100년도 더 보임직한 감나무에서는 감이 아래로 떨어져 홍시가 되어 떨어진 것이 너무도 많았다 가져올 그릇도 없었기에

배가 불룩하도록 아주 맛있게 먹었다. 나머지는 새들의 잔칫상일 것이며 산짐승들의 먹이가 될 것이다. 누구도 침범하기 어려운 곳 그곳에서의 삶은 어려웠을지라도 누구의 간섭도 받지 않는 행복을 누렸으리라 생각해본다.

4대째 종살이를 면하기 위하여 내 한 몸 던져서 죽을 각오로 양반에게 대들었던 그 4대째 종이 될 뻔한 종 우리 종중의 그 마지막 종에게 미안함을 느끼며 나는 박수갈채를 보낸다.

명상과 주술사

나는 단전 호흡을 배우러 국선도장을 선택하고 새벽 4시에 일어나 걸어서 단전 호흡을 가르치는 국선도장을 다니기 시작했다.

처음 시작하는 결과부좌 그것은 굳은 다리를 비틀어 다리를 꼬아 반대편으로 올리는 것이다. 처음 시작하면 되지도 않을뿐더러 너무나 고통스럽다.

너무나 힘들기에 아침에 일어나면 국선도장을 오늘도 가야 하나! 망설여진다.

그러나 용기를 내고 가서 한 시간여의 수행을 끝내면 몸이 가뿐하다. 그래서 어려워도 또 일어나 눈을 비비면서도 국선도장을 향했다.

오전 5시면 수행이 시작된다. 수행 장은 묵언이다. 매일 보는 사람이 있어도 고개만 까딱하지, 규칙상 말을 해서는 안 된다.

녹음기에서 단전 호흡 시에 들려주는 독경이 시작되면 누구나 자기 자신의 급에 해당하는 단전 호흡을 시작한다. 지도하는 선생님만이 수행자 사이를 그림자 걷듯 다니며 상대방에게 들릴 듯 말 듯 소곤대는 지도 소리 이외에는 도를 향하는 비슷한 음악 같은 독경 소리만 들릴 뿐이다.

단전 호흡은 명상이 시초이다. 존재의식. 집중. 녹음기에서 들리는 소리가 천상에서나 들리는 소리인가를 느끼기 시작하면 초보를 면하는 것 같다. 그러면서 명상 과정을 배운다. 반듯이 드러누워서 천정을 보고 눈을 감고 배로 숨을 쉬는 것을 배우는데 선생님은 초보자 한 사람 한 사람에게 다가가서 배꼽에 손을 올려놓고 숨 쉬는 것을 지도한다.

그리고 배숨쉬기가 통과되면 다음 단계로 간다, 단전 호흡은 그리 계단을 밟아가며 한다.

한 가지에 집중하고 시간이 가면 결가부좌를 해도 통증이 좀 더 줄어든다. 몸을 꼬고 거꾸로 서고 비틀고 하는 행전의 고통을 인내하려면 참 힘든 수행이었다.

천주교를 다니던 나는 예수님 생각을 했다. 십자가에 양손에 못을 박고 발목에도 못을 박아 움직이지 못 하게 했던 그 고통을 생각하면 나의 고통은 아무것도 아니라고 생각을 했다. 그리고 십자가에 박힌 아들을 쳐다보는 예수 어머니 마리아의 고통은 어떠했을까? 그 들의 고통을 생각하며 국선도의 단전 호흡 과정을 극복하며 매일 나갔다.

세계 곳곳에는 주술사라는 사람들이 많다. 아프리카, 태국, 인도네시아, 호주 원주민, 러시아, 인도 등등, 그들은 그들의 전통대로 명상으로 들어간다. 거기에서 간디도 나오고 석가모니 마호메트도 나온 것이다. 우리나라에도 있는 주술사와 비슷한 무당들이 있지만 대부분 이름을 내지 못했다.

러시아 쪽은 추운 지방이라 그런지 마약과 같은 식물즙은 먹고는 몇 시간이고 그 엄청난 추위도 잊은 채 배틀을 치고 흔들며 명상에 돌입하고 신과의 대화를 나눈다. 중남미 중 특히 페루 주술사들은 두 가지 식물을 섞은 마약 성분을 먹고 신내림을 한다. 신과 접속을 했다는 주술사는 그 부족을 통제하고 신이 내려서 얻은 지혜로 그 부족의 건강까지도 보살핀다.

역사적으로 동남아에서 그 예를 들라면 중국의 최초 황제 신농이 주술사이고 몽골의 칭기즈칸도 대표적인 주술사이다. 그들은 전쟁을 해야 한다든지 나라에 큰일이 있을 때는 제단을 쌓고 며칠이고 접신을 위해 깊은 명상에 돌입한다. 삼국지 소설 속의 대표적 주술사는 제갈공명이며 조조이다. 사람은 깊은 명상을 해보지 않은 사람은 시대와 사태를 잘 파악할 수가 없다고 본다. 깊은 명상에서나 얻을 수 있는 지혜 그것을 어찌 활용하느냐에 따라 그들은 황제가 되고 전쟁에서 이겨 대제국을 만들었다,

그들이 배운 것은 무엇일까? 이름만 틀리지, 그들이 배운 것은 단전 호흡법일 것이다.

전 인류를 어둠에서 구출한 니콜라 테슬라. 그를 주술사로 보

아야 할 것인가? 누가 묻는다면 나는 단호하게, 그렇다! 할 것이다.

테슬라 그는 에디슨의 제자로 들어갔지만, 직류 교류 전쟁에 스승을 이기고 세계역사상 최고의 발명품을 제일 많이 만든 사람이며 전자 제품에 그의 이론이 안 들어간 곳이 없을 정도다. 우리 세대로서는 상상하지도 못한 발명품 700여 가지. 수신기로서는 그의 발명품을 따라갈 사람이 없었다. 무선 송전 방식을 일부는 성공했지만, 그것을 은행가인 J.P 모건의 자금줄 차단으로 성공을 못 했다.

모건이 돈을 안 댄 것은 테슬라가 공짜로 전기를 공급하려 한다는 것을 눈치를 채고 자금줄을 차단했기에 이다. 지금은 테슬라 그의 무선 전기공급기술을 아쉽지만, 그 비밀을 알아내지 못하고 있다.

내가 그를 주술사라고 표현하는 이유는 그게 기록을 보면 그는 항시 명상하고 발명품을 만들기 전 어둠 속에서 접신을 했다고 한다. 그리고 그는 집을 들어갈 때면 집 밖을 세 바퀴를 꼭 돌고서야 집 안으로 들어갔다고 한다. 일종의 주술사 의식이다. 그것 때문에 그는 미쳤다 하여 노벨상 수여 직전에 탈락하였다.

명상. 이것은 나를 살찌우고 생각하는 인간으로 만드는 데는 최고의 가치가 있다고 본다. 그것은 무념으로 들어가 자아를 발견하는 일이지만 그 단계 이전에는 여러 가지 생각이 머리를 흔들 정도로 엄습해온다. 그것을 없애야 자아로 들어가는데 자아를 발견한다는 것은 수도승들에게나 있을 법하지, 사회생활을 하는 개인으로서는 그것은 엄청 어려운 일일 것이다.

주술사. 이것은 현실이다. 과학이라며 그들을 정신 이상자 취급하는 것은 잘못된 것이다. 명상의 결과를 주술사가 이야기하는 것이다.

우리가 이집트나 유럽에서나 이상하게 보이는 그림. 도대체 알 수 없는 그림들 반 인간 반 동물 세계 곳곳에 바위 위에 또는 벽 동굴에 그려진 것은 인류 최초의 조상들이 보고 그려서 남긴 그림 들이다. 그 신기한 우주인 같이 생긴 그림의 비밀을 알아낸다면 우리는 어디서 온 것이며 어디로 갈 것인가도 밝혀질 것이다.

아킬레스건

발뒤꿈치 바로 위에 있는 하나의 굵은 힘줄. 해부학적으로는 종골건(踵骨腱)이라 한다.

하퇴(下腿) 뒷면의 장딴지에서 발꿈치뼈(종골) 쪽으로 이어져 있는 힘줄로 발의 운동에 대단히 중요한 부위이다.

아킬레스건 그 이름은 그리스 호메로스의 서사시《일리아스》에 등장하는 영웅 아킬레우스가 단 하나의 약점인 이 힘줄에 상처를 입고 쓰러졌다는 전설에 비롯된다.

우리 인간은 살면서 자신의 약점을 알고 산다. 그것을 모르고 산다면 그는 백치와 다름이 없을 것이다. 천재와 바보가 종이 한 장 차이듯이….

그 약점을 건드리는 것이 그 사람에게는 큰 아픔이며 참을 수 없는 모욕을 느끼기도 한다. 그것이 바로 그 사람 성격의 아킬레스건이다.

아무리 친한 사람일지라도 그 약점을 건드리면 그 친함도 바로 없어진다. 그 결과는 참담하다.

아킬레스건은 그만큼 인간이 살면서 누구에게 나 보여주고 싶지 않은 자신의 치부라 할 수도 있다.

따지고 보면 어떤 사람이라도 장점만을 가지고 살 수는 없는 게 아닌가?

그것은 신이 아니기 때문이다. 하지만 신도 그 아킬레스건이 있을 것 같다. 그것을 건드리면 신들도 싸움을 한다. 성전 베다에 많이 쓰여있는 신들의 전쟁사다. 우리가 생각하는 그 신은 누구인가? 그 신은 바로 종교적인 신도 있겠지만 선진 문명의 외계인을 신으로 모신 경우가 역사에 많이 나타나곤 한다. 그들의 아킬레스건도 건드리면 폭발한다.

성서 노아의 방주. 인간 전멸 이야기가 아니라도.

요즈음 과학의 발달로 지구가 세 번쯤은 전멸했다가 다시 원시시대부터 시작된 것이 아닌가? 하는 것은 역사가 말해준다. 그런 역사증거물 중 한 곳이 인도에서 발견되었다.

우리가 살면서 모르는 것은 너무나 많다.

모세의 성서 또 힌두교의 성전 베다가 아니라도 그 성서 성전에서 그들의 아킬레스건이 무엇인가를 써놓았다. 그들은 서로 아킬레스건을 건드리지 말라는 것이다.

세기의 물리학자 아인슈타인이 1955년 죽기 전 철학자 에르크 구트킨트에게 보낸 편지가 2018년 12월 4일 미국 크리스티나 경매에서 우리나라 돈 약 32억 원에 A4 용지 한 장 반 정도의

글이 낙찰되었다. 그 내용은

"나에게 신이란 인간의 나약함 표현과 그 결과물에 불과하다."

고 쓴 글이다.

"성경은 고귀하지만, 원시적인 전설의 집합체일 뿐이며 그런데도 꽤 유치하다."라고 쓴 글입니다.

사람은 나약하다. 그래서 그 힘을 가지려면 그 힘을 지탱하는 아킬레스건은 인간에게 필수적이다.

그것을 이용한 것이 바로 종교가 아닐까?

종교란 무엇인가? 여기에 미국의 하버드 대학 유명 교수의 강연은

"종교는 창조적 환상"이라고 했다. 전 세계의 석학들이 모인 자리에서의 연구 결과를 강의 한 글이다. 학자들은 여기에 대하여 반발할 여지가 없는지 아무런 답을 하지 않는다.

사람이 사람에게 친근감을 느낀다는 것은 바로 그 창조적 환상이다.

그러므로 믿던 종교의 환상이 깨진다는 것은 아킬레스건을 건드렸다는 이야기도 될 수가 있을 것이다.

불교에 한 종파에 미이라는 무엇인가

- 불교 창시자. 싯달다 가우타마와 일본의 진언종

싯달다는 아버지가 지어준 이름이고 성은 가우타마이다. 그는 석가모니. 석존, 여래, 불타, 붓다, 불, 등 이것은 깨달음을 가진 사람이라는 뜻의 이름을 가졌으며 지구상에 이름이 이렇게 많은 사람은 없을 것이다.

싯달다 소설책을 보면 자식 때는 아버지의 가슴에 대못을 박은 불효자가 아닌가 생각해본다. 그가 왕자라고 다른 책에 묘사된 것은 잘못된 인식이다. 그는 오직 소설상 바라문 가문의 후손이다. 바라문은 고대 인도의 네 계급 중에서 최상부에 속하는 승려 학자층으로 용모가 단정하고 지혜에 통달한 사람을 일컬음이다. 바라문은 고대 인도 철학에서 우주 근본 원리를 가르치는 힌두교 성직자를 뜻함이다. 그런데 놀라운 것은 이슬람교 창시자는 무함마드가 아닌가?

무함마드 그는 서기 628년에 살던 사람이다. 그러면 기원전 6세기 사람인 불교 창시자 싯달다 가우타마와는 어떤 관계일까?

기록을 보면 이슬람 무함마드가 무저항 교리로 인도를 거의 장악했다고 한다. 그래서 인지 불교 창시자의 나라 인도에서 이슬람교가 90% 이상을 차지하는 것은 아닌지?

바라문은 "자타카"라고도 불리며 석가모니가 부처가 되기 전에 거듭난 생애를 다룬 설화이다. 바라문은 환생이라는 불교적 설화에서 7부처의 한 명으로 묘사된 것을 의미한다. 싯달다 소설에 나오는 바라문이 왕족인지 한 종족의 가문인지는 역사적인 기록은 없다. 다만 사대성인으로 추앙받는 인간임은 틀림없다.

싯달다 가우타마가 탄생한 시기는 기원전 6세기경이다. 그는 불교를 창시하고 깨달음으로 향하는 길을 널리 퍼뜨렸다.

바라문 가문에 싯달다는 인도의 부자였다. 싯달다 그는 그게 싫고 제멋대로 살고 싶었다. 그래서 선택한 것이 그저 길가이든 어디서든 혼자가 되고 싶었다. 그것은 고독해 보고자 하는 욕망이었고 자신이 얼마만큼의 고통을 견딜 수 있나를 시험대에 올려보고 싶었다. 그래서 선택한 것이 제일 계급 사회인 바라문을 등지고 나온 것이다. 그의 친구 고요빈다도 그와 비슷한 생각은 가졌지만, 그는 정식 학교를 선택하고 수행을 했다. 싯달다 같은 생활은 안 했지만 고요빈다는 성자처럼 살다가 죽었을 것이다. 싯달다는 제 고집을 부모에게 허락받을 때까지 기다리는 예의는 지켰으나 어쨌든 그는 집을 뛰쳐나온 것이다. 그러나 싯달다 가우타마는 외로움이라는 것을 직면하자 수행을 하는 생각이 바뀌었다.

싯달다가 생각했던 세계는 이상 세계였으나 인간 사회는 그에게 이상 세계를 보여주지 않았다. 그는 노숙하며 수행을 하다가는 지쳤다. 그도 구걸하며 살다가 남자라는 것을 인식하였다. 그래서 싯달다는 한 고독한 성자가 아니라. 창녀를 탐하는 한 사람의 남자로 변신했다. 그리고 아들을 하나 낳았다. 그 아들은 싯달다와 같지는 않았지만 천하의 불효자식이었다. 아버지에게 욕하고 대들고 제멋대로 사는 망나니 사내였다. 소설일지는 모르지만, 과연 싯달다와 동거를 했던 창녀 그 여자가 뱀에게 물려 죽을 때 싯달다는 무엇을 느꼈을까?

또한, 막나니 같은 아들에게 설설 기며 싯달다가 느낀 것은 무엇일까? 그것은 깊은 고뇌 속을 헤매게 했었을 것이며 그는 또한 황량한 외로움을 가슴속으로 받아들였을 것이다. 싯달다는 그 고뇌 외 외로움에서 진정한 삶이 무엇이라는 것을 발견했을 것이다. 그리고 그는 고독을 아는 사람이 됐다. 그것을 보고 우리는 싯달다는 깨달음을 가졌다고 이야기한다. 깨달음이란 어떤 한 문제를 알기 위해 극심한 고뇌와 번뇌 속에서 헤매야 알 수가 있는 것이다.

그러면 왜? '싯달다'라는 소설에서 그의 행적을 그리 썼을까? 사람은 일주일을 굶어서는 죽지는 않는다. 그러나 배고픔은 고통을 수반한다. 그런 고통을 참다 보면 사람은 미이라 마냥 탈진한 모습을 보이게 된다. 그가 살아 있었다는 것은 어쨌든 죽지 않을 만큼 식사를 했다는 뜻이다. 무수한 고통을 겪고 고뇌가 극치에 달했을 때 그것을 참고 견디며 극복했을 때 인간은 내 삶이 무엇인가를 또 내가 누구인가를 알게 되는 것이다. 그것을 깨달음이라는 단어로 표시한 것이다. 그렇게 되면 과거를 보고 다른 사람들의 현실도 보는 것이다.

싯달다 소설에서 강조하는 것은 내면의 인간 세계와 그 속에 내재한 힘을 인식하고 존중하라고 가르치고 있다. 또한, 내 생각을 남에게 주입하려 하지 말고 자신부터를 이해하여 알고, 쾌락의 욕망은 허무한 것이니 그것을 끊으라는 강력한 메시지를 보내고 있다.

그러면 싯달다 가우타마가 창시한 불교는 일본의 불교 진언종과는 차이는 무엇일까?

싯달다 가우타마는 불교 창시자이다. 인도에서 발생하여 동아시아 일본으로 전파된 불교는 진언종이라는 한 종파가 생겨났다.

싯달다 가우타마와 진언종의 미이라가 되기 위한 수행은 어떤 관계가 있을까?

일본의 역사를 살펴본다.

일본의 유도노산에는 1200년의 역사를 간직한 다이니치보 신사가 이 신성한 산자락에 자리하고 있다. 신사 제단 위에 놓은 유리판에는 존경받는 승려의 미이라가 앉아 있는데 그가 바로 "다이주쿠 보사츠 시뇨카 쇼닌"이다. 쇼닌은 일본에서 "쇼쿠신

부초"로 통한다. 그는 1883년 96세의 나이에 눈을 감았는데 놀랍게도 쇼닌이 미이라가 된 것은 죽고 나서가 아니라, 죽기 6년 전부터 미이라가 되기 위한 작업을 시작하였다는 사실이다. 일본의 진언종이 미이라를 만드는 종교의식을 치른 것은 11세기에서 12세기였다. 미이라가 되는 과정은 일종의 자살 행위이다. 시작 단계는 1,000일 동안이다. 미이라가 되고자 신청하는 승려는 식사량을 줄이는 고통부터 시작한다. 그다음 단계는 옻나무로 만든 차를 마신다. 신체 장기에 일체의 구더기나 세균이 살지 못하게 하는 과정이다. 죽음에 가까워지면 조그만 굴속에 종을 가지고 들어가는데 그곳은 아주 좁아 연화좌로 앉을 자리만 한 곳이다. 그 좁은 공간은 공기 구멍만 남기고 다 봉한다. 그게 두려운 승려는 중간에서도 포기할 수 있다. 그곳에 들어간 승려가 매일 종을 한 번씩 울리는데 종소리가 나지 않으면 그는 죽은 것이다. 그렇게 1,000일을 두고 수행을 하는데 굴속을 확인하여 시신이 미이라로 변했으면 그 미이라는 "생불"로 여기고 금물을 칠해가며 법의를 갈아입힌 다음 '소쿠부추도'라는 신당에 전시한다. 미이라에 실패하면 퇴마 의식 후 땅에 매장했다. 진언종 승려들은 스스로 미이라가 되기를 원한 사람만 도전하는데 승려 수백 명이 도전했어도 성공한 승려는 단 24명이었다. 그 미이라를 "등신불"이라고 한다. 진언종 교리에 의하면 미이라가 되는데 성공하면 더 고차원적인 존재가 된다고 믿으며 그 고통을 감내하는 것이다. 지금의 과학의 발달은 어디까지 전개

될지는 모르나 이집트의 미라를 가지고 복원하려고 시도하고 있다. 만약에 DNA로 복원이 된다면 진언종 미이라도 살아 돌아올 것이 아닌가?

미이라를 만드는 과정에서 소금 단지 속에 시신을 넣어 두었다는 글도 있다. 최근에 중국에서도 2012년에 죽은 승려가 2016년에 등신불로 만들어졌다는 기록이 있다.

미이라는 현대에도 만들고 있다. 미이라를 만드는 것은 불교와 어떤 관계가 있을까? 교황 바오로 2세, 소련의 블라디키르 레닌, 이오시프 스탈린, 베트남의 호찌민, 북한의 김정일, 중국의 마오쩌둥 등 고대 기술과는 차원이 다른 미이라를 현대인들이 만들고 있는 것이다. 그것을 종교의 일원이라고 보아야 할 것인가.

행복의 조건

삶은 단 한 번이다. 내가 살아온 과거를 생각하지 말고 이 순간을 생각해보자.

눈이 있어 앞을 볼 수가 있다. 걸어 다닐 수 있다. 내 손으로 밥을 먹을 수 있다. 인체 어느 부분 하나 중요하지 않은 게 없다. 그저 가만히 있어도 내 몸은 수천조 개의 공장인데 수십억 초의 일도 틀리지 않고 공장이 돌아간다. 이것은 기적이다. 인체는 일 초에도 380억 개라는 세포가 변한다. 1분이 지난 후의 나는 지난 시간의 내가 아니다.

그러나 아무리 정교해도 나이가 들면 공장인 인체는 어느 부분부터 고장이 나기 시작한다.

그런데 왜? 그것을 인식하고 살지 못하는가? 그것은 끝없는 욕망과 쾌락을 추구하기 때문이다.

그것을 알면 이 순간이 무엇인가를 알 것이다. 이 순간은 바로 인생의 행복을 느끼는 순간이어야만 행복을 알 수 있는 것이다. 행복은 끝없는 욕망과 쾌락이 아니라 지금, 이 순간을 내 마음을 고요하게 만들고 성찰의 시간을 가지면 마음이 편안하게 됩니다. 또한, 불행하지 않다고 생각하면 그것이 행복입니다.

행복에 조건이 있을까?

예. 있습니다. 그것은 타인의 인생에 간섭하지 말아야 한다는 사실입니다.

나는 나만을 생각하고 살아야 합니다. 부부도 자식도 마찬가지입니다. 그들을 가르치려 하지 마십시오. 그들에게 하는 말 중에 그들이 듣고 싶어 하는 이야기가 얼마나 있을까요? 타인에게 이야기한다는 것은 나는 괜찮은 사람이라는 것을 강조하기 위한 일일 뿐일 겁니다. 타인에게 하는 말 중에는 상처를 주는 말이 더 많을 것입니다. 타인의 생활은 따로 있는 것입니다. 타인에게 관심을 둔다는 것은 내 안에 있는 불안감을 그 사람에게 표현하는 것입니다. 그 사람의 성격을 변화시키려는 것은 나의 괴로움일 뿐이며 그 사람에게 나를 보여주는 것입니다.

나는 나의 삶을 살아가면 되는 것입니다. 행복은 자기 자신을 통제하는 일입니다. 무릇 사람들은 즐거운 기억에는 감사하지만 괴로운 기억에는 감사할 생각을 하지 않습니다. 지나간 괴로움에 감사를 갖는다는 것은 지나간 것을 이해한다는 뜻이며 내가 누구인가를 아는 척도입니다.

그것이 바로 행복의 제1 조건입니다.

행복 그것을 아는 사람이 얼마나 될까? 물욕에 성욕에 모든 것에 자기 충만의 욕심 그것은 불행으로 가는 길이라고 생각은 하면서도 그것을 내려놓지 못하는 게 사람들이 아닌가!

행복은 어디 하늘에서 뚝 떨어지는 것이 아니다. 그것을 찾아 떠돌아다닌다면 어디에서 행복을 찾을 것인가?

행복은 나 자신의 몸과 마음을 보고 행복하다고 느끼는 사람들만이 가질 수가 있는 것이다. 어디 멀리 떨어져 있는 것이 아니고 내 마음속에 있는 것이다.

사람이 50세까지 산다는 그것만으로도 그것은 기적이다. 그렇다면 50세까지 살고도 무슨 욕심을 부리며 살 것인가? 오십이면 중년이고 만약에 80이라면 천혜의 복을 누린 것이다.

그런 생각은 하지 않고 우선 눈앞에 보이는 욕심만을 위해 자기 몸은 생각하지 못하고 사는 사람들이 대부분인 것 같다.

진정 행복이 무엇인지를 느끼지 못하는 사람 중에는 몸에 병이 들어 병실에 누워서 또는 요양원에서 천정을 바라보며…….

지난날을 회상하며 나는 행복했다는 생각을 하지 않고 오늘은 어떤 자식이 올까? 내일은 어떤 사람이 올까? 늘 생각하는 사람일 것이다.

행복을 찾아 헤맨다면 그것은 고통 속을 다니는 것과 같을 것이다. 행복은 찾는 것이 아니라 느끼는 것이다.

행복을 찾는 것은 그리 간단한데도 물욕에 쾌락에 화를 내며 또 이기심에 어리석음을 보탠다면 아마도 행복은 보따리를 싸고 도망을 갈 것이다.

행복은 내가 사는 지금, 이 순간이다. 어제는 지나간 것이며 내일은 아무도 모른다.

아무도 모르는 내 미래는 그냥 부닥치고 지혜로서 벗어나면 되는 것이다.

돈과 권력이 행복을 만들어주지는 않습니다.

권력과 돈을 위하여 쉴 틈도 없이 뛰박질하다가 나이가 들고 건강에 이상이 왔을 때 아차! 할 때는 이미 늦었다. 후회해도 소용이 없습니다.

그래도 바로 당신 바로 옆에 행복이 쳐다보고 합장을 하고 있으며 당신이 부를 것을 기다리다가 부르지 않으면 그냥 도망갑니다. 행복이란 그렇게 야멸찬 놈입니다.

오직 이 순간만을 아는 사람만이 행복을 알게 됩니다. 죽음이란 그리 어렵고 힘든 것이 아니라 다음 세상을 향해 가는 것으로 생각하면 됩니다.

사람은 지구를 떠날 때 손을 흔들며 그동안 날 먹여주고 재워주고 해서 고맙다고 손 한번 흔들어 주고 떠나면 그만입니다.

행복에 대해 말을 한 철학자들은 아주 많습니다. 그 글의 뜻을 깊이 통찰해야만 합니다. 눈으로 읽어보고 그냥 넘어가서는 책 몇백 권을 읽어도 진정 그 뜻을 모를 것입니다.

그것은 많은 책을 읽어보고 또한 경험을 바탕으로 깊은 사색

속을 들어가야만 행복을 느낍니다.

그러나 수박 겉핥기식으로 지나가지만 않는다면 느낄 수가 있습니다. 괴로움과 즐거움을 느끼는 것은 살아 있어서 갖는 감정입니다. 그것을 이해하면 바로 행복이 무엇인지를 알게 됩니다. 그리고 행복은 멈춰있는 게 아니라 수시로 왔다가 갔다가 하는 놈입니다.

그러므로 행복의 순간을 계속 가지려면

"나를 알고, 탐진치를 버리고, 항상 감사하는 삶입니다."

감사합니다.

에필로그

이 글을 발표하게끔 전자책과 종이책을 만들게 제작비를 지원해 주신 한국문화예술위원회의 충북문화재단 관계자분들과 이 글을 선택해주신 심사위원분들께 감사를 드립니다.

2024년 4월

저자 정진문

주마등

초판 인쇄 2024년 4월 24일
초판 발행 2024년 5월 02일

지 은 이 정진문
펴 낸 이 노용제
펴 낸 곳 정은출판
등 록 신고 제301-2011-008호(2004. 10. 27)
주 소 04558 서울시 중구 창경궁로1길 29. 3F
전 화 02)-2272-8807, 02)-2272-9280
팩 스 02)-2277-1350
홈페이지 www.je-books.com
이 메 일 rossjw@hanmail.net

ISBN 978-89-5824-502-5 (03810)

값 13,000원

* 이 책은 충청북도, 충북문화재단의 후원을 받아
예술창작활동지원사업의 일환으로 발간되었음.